慢得刚刚好的生活与阅读

# 深夜书房

蒋瞰—— 著

化学工业出版社
·北京·

# 深夜书房

## 自序

睡不着吗？我来给你讲个深夜书房里的故事。

结束了一天的工作，匆忙赶回家的人们，因为想做点儿什么而游荡在这座城市中，他们来到不打烊书房，卸下一天的疲惫，独自阅读，或是谈论遇到的趣事。在书页和食物的香气里，在深夜特有的幽静和稀疏的人群里，一出出或温暖，或喷血的故事被娓娓道来。

这些有头无尾，没有前因后果的故事，就像书店里的黄粱一梦。当然，多半也掺杂了我的去伪存真或报喜不报忧，因为总要“正能量”。故事天天都有，我就是这个讲故事的人。

真是讽刺啊！

在开书店之前的职业生涯里，我是个非常敬业的媒体人，整天摸索着如何将常规或突发新闻写得好看，读者才能像听故事一样，饶有兴致；与此同时，我还是个空中飞人，借着采访的机会，那些可以绕地球好几圈的里程让我见识更新更美的山外之山。这当然是一份完美的工作，但我却在三十岁那年急流勇退。现在想来，原因大概是，稿件质量虽高但数量太少，审美和眼界自我评估盲目过高。

前者使我无脸继续混日子，后者促使我不再和不喜欢的人做队友。趁没嫁人不用遭受生活琐事摧残之前，我要做出一个选择，而这个选择是基于我想改变，而不是逃避。

停止周游世界，拒绝互联网公司抛来的橄榄枝，我做了一件看似更不靠谱的事——开书店，而且，是不打烊的。

对于那些有着书店梦想的人来说，做一名店员也许是种讨巧的做法。那么自己开一家书店似乎更大胆，但也更安全，毕竟，我们都是不愿被教化的人。

书店开在一条种满梧桐的小路上，符合我对不打烊书房的大部分想象——面积不大不小，沿街而立，而对面的水果店、拉面店，旁边的阅报栏，楼后的私人停车位，拐角处的深夜食堂，面对面交易，传承最古老的生意，这些邻居们和我一起构成了蓬勃的世界。

作为最晚来到这条路上的“新参者”，深夜书房在很短的时间里向人们展示出了生活的另一面。中国人、外国人，新客、老友，学生、白领，怀着对如迷夜色的好奇，来到深夜书房种植情绪。

过了很久我意识到，是他们，总能在某一个时刻映照出我自己——既深情又刻薄，既冷漠又操心，有时觉得自己特别有能耐，有时又不断抖落一身戾气，明明带着媒体人求新求变的属性，却在一个与世无争的世界里试图慢下来。我的矛盾，一如当年辞职，而这些，叫作性格。

有什么样的主人，就有什么样的书店，深夜书房也充满了矛盾——不仅卖书，也卖咖啡和简餐，这是商业的一面；但是，无论多少人希望增加奶茶和肉包，断然不会被采纳，这是执拗的一面。有人问，养着一伙一坐就是一晚上的客人，这三年你是怎么生存下来的?

这个问题，也是媒体老是抓住不放的，讲得书面化一点儿，就是“盈利模式”。我不是商人，无法为自己拍脑袋做决定的管理方式定义，如果非要说，可能是书房既遵守秩序又灵活变通。

书房共有六个小伙伴，两人一个班次，一天 24 小时三班倒，而我是永远的守夜人。书房不是私人作坊家族企业，上班要戴围裙，非当班员工不得入吧台，所有饮品标准化制作，甚至，不加客人的微信；同时，书房每天都可以不一样，特定节日有专属的气氛，每个季节更新不同背景音乐，为特别的客人存一瓶酒，与其多收一位茶位费，不如收获一个悲伤的故事。

一家小小的书房，有面对客人时的基本规则，但没有发稿量和 KPI（关键绩效指标），容许做任何试验，也允许犯错。而人一旦放松去做，就能渐入佳境。

我也是在这个时候，不知不觉重操旧业，干起了“讲故事”的老行当。

那些来来往往的人齐刷刷地跳进了我搭建的故事框架里，有时候摆事实讲道理，有时候借着老物发思怀旧，偶尔熬上一锅十全大补鸡汤。

喜欢的人说，我、客人和这家店是同步的，深夜书房之所以与众不同，是因为有一个有故事的女主人，书房才摆脱国营大卖场的腐朽气。

也有人说，你写的那些故事无非就是对上眼或者分了手，不可言说的默契之类的套路。可是啊，人生不就是由这些无足轻重的小事构成的吗？你要的妖魔鬼怪、惊心动魄，真的是比飞机失事的概率还低。

我说的每一个故事，其实都有我性格里的某一面，脆弱和力量，柔软和坚硬，深情与绝情，从不回避。有一天你会知道，这些故事天天都在上演。若非要说，那是深夜的气场让我很乐意记录下来。

你可以来验证一下，但我说不定会甩出一张冷漠脸给你。对了，如果你愿意，可以叫我J小姐。

欢迎光临深夜书房。

深夜书房

# CONTENTS

· 目录 ·

Get one more

GET
ONE
MORE

# 深夜书房

第一章

## 你是什么样的人，就会拥有什么样的青春

没有人的书房也不觉得孤独

# Chapter 1

有一天晚上，我收到一份礼物，应该说是给深夜书房的礼物。

一位带着台湾口音、口口声声叫我“姐姐”的男孩，递给我一本手账，就是那种源自日本收纳艺术的文具，除了笔记功能，还能收藏票根、收据。

本子很好看，封面是一幅街角书店的彩铅画，尽管不是我们书房实景，竟也有惺惺相惜之感。人们对街角书店的喜爱源自一种原始的情感，就像每家楼下都应该有一家炒货店。书店，是天空之城，撑起这座城市最文艺的零点时刻。

“当作留言本吧，让每一个来到这里的人都有地方记下当天心情。”男孩郑重其事地说。

“可是，我们现在的留言本还没用完呢。”我伸手指指立柜上那本躺着的黑色本子。

“换一本本子，就是换一种心情。”男孩说。这口气，好像认定我一定会采纳他的建议。靠高颜值来打动女生，这招总好用的。

我接过本子，道谢，没告诉他现在正在用的这款旧本子还有很多存货呢。无论如何，得先把当前的这本写完再换。

我直接将礼物存到工作间抽屉，连透明包装纸都没想拆掉。出来的时候，男孩已经走了。

“为什么不用我的本子？”两天后的一个夜里，我被一个声音吓了一跳。那个口口声声叫我“姐姐”的男孩笑眯眯地看着我，口气里却带着怨气。

好家伙，居然跑来查岗了。话说深夜书房开业以来，礼物收到过不少，客人的各种手作占了大多数：药皂、裙子、折扇、手串，还有旅行带回来的茶叶、茶包、咖啡豆……但从来都是单向的。我指的是，没有人回过头来问：嘿，你是不是没用我的药皂洗脸啊，怎么还是那么多痘痘？你喝我送你的茶叶了吗？感觉怎么样？送礼，讲的是默契和缘分，我记得他们每一个人，不表示非得把谢意挂在嘴边。你可以将其理解为低调、内敛、含蓄，总之，当我被反问时，居然有一点点生气。

“等旧的用完再换，环保。”我回应他。

“太守旧啦！您这种做法就像我妈，每年都有人送新茶叶来，但她总是说，先把去年的陈茶喝了再开新茶。然后，你知道的，我们家从来没喝到过新茶，每年都在喝去年的茶。”男孩打了这个比方，要知道，这可是平日里我拿来给我妈洗脑的教材。而现在，我成了接受教化的人。

“那您说说吧，我为什么要立即换上您的本子，能给我一个非这样做不可的理由吗？”我承认，我就是嘴上不饶人的类型，其实内心早就妥协了，不就是换个本子嘛。

“我给您的不是一本普通的本子，它是手账，在台湾和日本非常盛行，不仅是传统的记录，还能为各种活动做提醒，很多人甚至把它当作简短的日记本。”男孩向我介绍。

“我知道。”我回应他。

我真的知道，不是敷衍他。去年过年前，深夜书房发起并举行过一次手账大赛，大家来秀自己的手账。有人专门做读书笔记，有人用账单记录一年的消费，有人贴照片描绘旅行，总之，生动的内容结合那些夹在本子里的胶带、水笔、天气图案、各色便签，记录也带了点儿趣味，更接近于一种艺术创造。

“最传统的留言本无非是用笔在本子上写字、画画，就像现在这样。可是，你知道有很多人还想记得再多一些，比如，我举个例子，把当天的消费账单贴在上面，说不定就成了下一位读者的‘陌生人’书单了，这种传递是不是很好玩呢？”男孩瞬间给到一个非常接地气的主意，不知道是酝酿已久，还是灵光乍现。

“碰到有读书会、作家见面会的时候，店员也可以在上面记录。那么，这段时间过来翻阅或是记录的读者就会留意到这则最新消息，留言本又成了行事历。”男孩继续脑洞大开。

我站在柜台内，男孩站在柜台外，隔着收银台长时间地聊天实在太不优美，我让男孩去找个座位。我去办公室找出手账，顺便把围裙脱下先放一边，走出吧台，坐在男孩对面。夜很静，我们都不好意思大声说话，怕打碎这份求之不得的安宁。

我撕开手账透明外包装，又假装不经意地从口袋里掏出一支准备好了的三色水笔，放在本子旁边，挪到桌子中间，耸耸肩，意思是，那就从今晚开始吧。

三色笔是手账的标配，不同颜色对应不同门类和重点的记录。去年手账大赛的时候我采购了一些作为礼品，还剩几支一直在办公室里躺着，没想到时隔半年派上了用场。

男孩点点头表示认可，继而从书包里掏出一堆和纸胶带，琳琅满目，淡淡的和风浅色调又不至于五光十色。他问我："你这里有没有那种透明罐头？把胶带纸装在里面，放在留言本旁边。嗯，就那个台子，"说着指了指现在留言本所在的桌子，"相当于是一个迷你工作台，读者可以在那里即兴创作。"

我找了一个亚克力罐头，原本是备用着拿来放咖啡糖包的，现在用来装胶带倒也不错，收纳腔十足。

男孩将本子、胶带，以及我的那支笔放在台子上，又将原来的本子还给我，认为满意后就开始看书了。

这之后的每天晚上都能看到男孩。第一天晚上，他带来了一捆笔，除三色水笔外，还有各色荧光笔，用一个透明长方形罐头装着，比起传统意义上的笔筒，倒是很有现代简约风格，和深夜书房的调性很接近。

第二天晚上，男孩到的时间要比前一天早些。我没有刻意看时间，只是那天他来的时候我们还没交班，特别好辨别。男孩收拾了书写台面，翻了翻手账。如果我没有记错，这一天里并没有人来留言。

只见男孩取走手账，回到自己位子上，掏出随身带的文具盒，埋头涂涂画画。当我走出柜台给他端上一杯开水的时候，他，作为一个客人的记录已经差不多完成了。

“我得先自己写一段，作为示范，接下去就有人跟着写了。”男孩一边解释，一边给我看他写的。

这是翻开手账的第一页，写的是男孩最近看的书《流浪者旅店》，分别用不同颜色书写了一段摘抄和读后感，字体方正，符合他的年龄。最下面一部分胶带纸贴的是他的一张旅行照，正对“旅行”“旅店”这个主题。做完这些，他就在座位上看书。

第三天晚上，和前一晚差不多时间，男孩进门后没有先找座位放书包，而是径直走向了书写台——还是没有人跟着写，我在十分钟前刚刚翻过。这并不是什么值得难过的事，每个人对“树洞”都有自己的理解，而它以这种公共手账的形式出现，本身也没有私密性可言。愿意分享的人，总要慢慢积累。

男孩在台子前站了好一会儿，折回散座区，放下书包。他没有落座，似乎想到了什么，又直奔书架。之后的一个多小时里，他找到了所有和手账相关的书，并把它们搬到了书写区，《工具手帖》《文具手帖》《笔记女王的手账活用术》，等等。幸好是深夜，才容许他这番折腾。不过，还真别说，主题顿时明确起来了。相较于原来松散无序地排列，这样一来，目的性就摆在那儿了。只不过，天一亮男孩就离开了，没法亲身见证一晚劳动的战果。当然，结果也可能是，经他的整合，并没什么异样。

次日白天，吃过午饭，这组书的销量陆陆续续开始往上叠加，从 1 到 10。我开始想，今晚男孩会不会来呢？如果来，一定得告诉他这个好消息。

夜深人静之时，男孩推门而入，从包里掏出一张 A4 纸大小的硬纸牌，上面的内容大致是：看过这些好玩的书，就到旁边的手账台试试吧。颇具引导性，因为，在我们回到座位后不久，就有一位客人起身前来，翻了会儿书，又摊开手账写了起来。夜色温柔，人们把刚过去的一天用文字和图画表达出来，省去了太多浊气，只和自己对话。而人和人的关系开始产生转机，没有了违和感。

我冒出个想法：“不如，我聘你做深夜店员？”

男孩不是万千求职者中的一名，但他理解这样一家实体书房的意义。

男孩出其不意地回答：“我不是已经在上班了吗”？

男孩让我叫他鬼仔，他的到来，会让书房每天都呈现新的变化，有时候按照时令和节气整出一套主题书，堆在最显眼处；有时，正如我们之前所说，他会列出一份读书清单，并耐心标明所在书房的具体位置；后来，他还开始用牛皮纸为买书的客人包书，他说这是区别于网购的小小温暖。他会在包书的几分钟里，和客人拉会儿家常。当然，要是感觉到客人不太爱说话，他也会一样沉默。

我们从来没有好好坐下来说上长长的一段话，尽管深夜书房里，总是好空啊，座位散落一地。然而，把每天的三言两语串联起来，也可以是一个有头有尾的故事。我知道的鬼仔本是台湾一名酒店管理科班生，前台、大堂、销售，这是惯常的职业流程吧，稳当也妥帖。只不过，不想一眼望见 30 年后的我啊。

对于那些有着书店梦想的人来说，做一名店员无疑是种讨巧的做法。男孩就是这么想的。他来到大陆，一路向北，在好几个城市的深夜书房里游走。和客人分享读过的书，为书店贡献自己的奇思妙想，不由分说的，就像那句有点儿哀其不幸的责问：“为什么不用我的本子？”

鬼仔的本质还是个孩子，Just kids（只是孩子）代表永不停歇的灵感。一个向善、天真、需要拥抱，倾向给予，朝向光的来源；一个念旧、革命、偏执，以劳动和争斗为乐。和男孩聊天，会让我想到汤姆·索亚和哈利贝克·费恩，我会永远喜爱他们，因为让人讨厌的精力过剩，永远不会安分守己地到处流浪。他们健康勇敢，散发出不褪色的生命活力。

只是，几乎没有人会一生陪伴着一家书店到最终。不仅仅是读者，店员们也是来来往往。鬼仔跟随他“一路向北”的计划，离开了书房，离开了杭州这座城市。

“假如你也曾服侍过一家书店，一定不会忘记手指被书页划破的疼，但同时你也一定会拥有一颗温柔对待世界的心。”

手账还没用完，他在中间的地方写下这句话。

如果说他们是流水的兵，那么书房就是铁打的营盘，它在城市最深处和人们对话，通过眼神、笔迹、气味……

两个月后，鬼仔送的这本手账已经记得差不多了。想起他送手账来的时候说过的：“特地选了活页本，用完后只需要买内芯纸就可以了。”

我给鬼仔打电话，问他内胆的购买地址。没有打通，我只好先把旧的纸页收起来，装进牛皮信封。瞬间，原本厚厚的笔记本就成了空心本，而里面又将被赋予新的人和事。内胆可以替换，人可以替换吗？同样的人，书写在新的纸上，心情可以替换吗？

接受替换的手账内胆，无法接纳替换的感情。

“假如你也曾服侍过一家书店，无论是作为店主还是店员，那么恭喜你，你已经拥有了一段最美好的人生旅程。如果这段时间恰恰在你的青年时代，那么你便是再幸运不过的人了。因为，当你经历了沧海桑田，尝遍了人间苦果的时候，也许只有那些关于书店生活的回忆才会给你带来可以取暖的温度。”

我也来写一段话吧，尽管因为封存的缘故，暂时不会有人看到。但是，不保证不会被后世发现，或许，那个时候，我，以及那些在本子上写过话的人都会是传奇的西尔维亚·比奇（Sylvia Beach）。

一个人的书房

深夜
书房

# 深夜书房

第二章

庸常生活里，我们总会期盼一些相遇

咖啡、面包、文字，永不落潮流

# Chapter 2

“那天凌晨我去深夜书房，一抬头发现坐在我对面的女生在用白色锤子手机 T1 发信息，而我也是锤子手机使用者，不过，我的是黑色的。用锤子手机的人很少，相遇更是不易，尤其在这样的深夜。”

凌晨收工前，我在微信群里发现了两个小时前客人发的这条信息。

我回忆了一下今天凌晨还在书房里的客人，一男一女，坐得很近，用的还是锤子手机，这些都算不上什么了不起的要素，无法帮我组建起对客人们的脸谱印象。而且，当晚，大多数来者都不是老客吧，要不然我多少会有印象。

大约是夜里发信息的缘故，没人回应他。我也没回，不知道怎么回。把深夜书房当作媒介来寻人说事的事情前几年还觉得挺新鲜，但到后来竟也觉得有点儿无聊——不就是看到心仪的人不敢表白、不确定是不是前女友请求牵线搭桥之类，说是狗血也显然太主观了，毕竟我不是当事人，那就不加评论。

所以我建了一个读书群，里面大多数都是来过书房的客人，他们乐意充当侦探、红娘、参谋家、分析师，这也让书房保有自古以来的魅力——不可预见，突如其来，才是我们要活下去的理由。

我沉沉地睡去，直到下午起床才发现群里已经炸开了。群众越是好奇，当事人越是来劲。

“最早我是因为看到一个锤友的微博，才知道这个城市里的深夜书房，没想到第一次来就能遇到一位锤友。”我很想截屏然后抄送罗永浩，这种植入实在是走心，我自己都被感动了，无缝对接啊可不是。

“后来，每周三我都会一个人去书房通宵一次。一成不变的黑色双肩包，黑色 Kindle（电子书阅读器），黑色蓝牙耳机，黑色锤子手机，中杯美式咖啡。”一说黑色 Kindle，我似乎有印象了，有一个深夜，一个男生来付款买咖啡，把 Kindle 随手一放，面上正好是我也在看的经典心理学《亲密关系》。

不知道是不是就是他。

“你让书房服务生帮你留意一下，支付宝付款时如果是锤子手机直接拿下！”群众出主意，果然人多力量大。

我急于把这个想法抄送给罗永浩，还因为当事人跟了一句：“当时或许是不敢、不好意思，等她走了之后我才后悔没有加微信。用锤子手机的人，更容易理解彼此的内心。”

啊，多么痛的领悟。我差点儿以为他是锤子手机的托儿。

后面群众你一言我一句，中心思想只有一条：“如果这位女生在群里，赶紧出来，如果不在，我们帮你继续等待。”

那天之后，强大的心理暗示总让我觉得书房里长了无数双眼睛，他们看似沉浸在自己的世界里，读书、听歌、打字、喝咖啡、吃蛋糕，说不定眼角余光都在帮助当事人找白色锤子手机。他们就是不动声色的人设，等到主人公一出现，就会通过既定暗号相互示意，同一时间起身，活捉。

那几天，我常常会走神，浮现出来的都是类似的画面。然后一个激灵，醒了，再抬头看看周围，什么都没发生。而如当事人在群里所说，他每周三都会来，全套黑色，还有雷打不动的美式咖啡不加糖和奶。有几次他会当面问我关于白色锤子手机用户的“下落”，很遗憾，我给不出任何线索。

她可能是罗永浩公司派来杭州出差的职员；她可能是那大白天

咖啡喝太多，晚上睡不着才来刷夜，只此一回；她可能是要去接晚班机的男友，所以先在这里消磨时间；她可能只是来体验一下在深夜书房看书这个事情……总之，她来这里是随机、不带目的，甚至是非持续性的。除了祈祷缘分，人为可做的少之又少。

直到有一天夜里，一个白色锤子手机递到了我面前，屏幕上是一个二维码，收银机后面展露出来一张萝莉脸。

雄壮的背景音乐已经在我臆想中演奏起来，我像是捉到了活人，需要立即表功。

我紧张到忘记礼节性的问候，诸如:“怎么这个点儿来呀？”“睡不着吗？”心里有鬼生怕太过刻意。我能做的就是耐心为她做杯美式咖啡，目送白色双肩包的背影，锁定她入座的方位，可惜最后落座之地并不在吧台目所能及之处。

我从抽屉取出手机塞进口袋，走出吧台开始巡场，把散落在书桌上的书统一收进竹编收纳筐。走过萝莉脸，我伸手掏手机，又放了回去，又挪了几步，收走前一位客人留下的空杯子。萝莉并没有朝我看，她捧着一个白色 Kindle，很认真地阅读。

回到原位后我打开手机屏幕想看看群里是否有反应，说不定早有探子密报前线战事，说不定上传的现场照片里还有故意在她旁边蹭来蹭去的我。然而八卦就是这么一件有时效性的事情，只要当事人没有再提及，群众早就忘记了这桩事。这是这个时代最大的特征，没有什么会永垂不朽。

我百无聊赖，把竹筐里的书分门别类重新上架。等再回到座位区时，萝莉脸已经不在。距离她进来买咖啡大约过了一个小时，天还没亮。

我没有及时在群里汇报，先观其变据说是成年人的做派。而我的小私心则是等到下周三，不知道两人会不会相遇。

第二天，也就是周日，萝莉脸来了。照旧，点了一杯美式咖啡，换到了吧台旁边的高脚椅，再开始阅读 Kindle。随后的周一、周二晚上她都会来，座位非常随机，秉承了“一切看心情”的宗旨。每次落座的时间不会太长，两个小时左右，按照我的阅读速度，差不多可以读完四分之一个长篇。

接着，就是我万分期待的周三。午夜十二点后，群里的当事人，也就是那位黑法师如约而至。那天下雨，行头还多了一把黑色雨伞，到店后收起插进门口的伞桶。他走向吧台，用黑色锤子手机里的支付宝二维码扫码付款。他没有走远，就在蛋糕柜前的长条桌前坐下，正对落地玻璃窗，不需抬头就可以洞悉窗外动静。

我为男生今天的座位叫好，因为女生一旦经过，他便能第一眼看到。

窗外淅淅沥沥，感觉上为酷暑稍微降了点儿温；然而这只是假象，夏夜的雨一点儿都不带劲，因为第二天依旧是个完好无损的晴热天。我有点儿担心萝莉脸会因为下雨而不来。

我为直觉的出现感到不安，谁让我每次都那么灵呢。果不其然，直到夜里两点，萝莉脸还没有出现。

我走出吧台，为男生倒了杯水，好像欠了他什么似的，尽管他毫不知情。他朝我笑笑，并没有打算要跟我聊聊锤子手机使用者的故事。

我悻悻地回到原地，打开手机，却意外发现群里面有声音。凌晨十二点半的时候，一个叫“梨花带雨”的姑娘说：“刚才我去了深夜书房，貌似看到了用白色锤子手机的姑娘。”群众跟着七嘴八舌：“有没有拍照片啊？”“有没有帮忙去要来微信号啊？”“长得好看吗？”梨花带雨没有立刻回答，直到男生回了句：“我就在深夜书房啊，环顾四周，连个女生都没有。”发送时间就在刚才。

梨花带雨跟着回复：“应该是和你擦肩而过吧。”

我也有点儿纳闷，但还是主动把责任推在了自己身上：可能没有仔细看，或者，我没注意到人家今天没穿白衣服?

群里继续骚动，群众鼓励男主角要持之以恒，因为，那个人终究会来，只是时间问题。好像有句话这么说的：如果最后是你，多晚我都会等。真动听，我也经常这样劝导朋友，或是被朋友劝导，有些话说多了，就以为真的是这么回事。

之后的两周里，白色锤子手机女还来过，但唯独不是周三；黑色锤子手机男依旧在每个周三晚上来店里，始终没有和白色锤子女见过面。群友们猜测那位“梨花带雨”就是女主角，或者，所有的景象都只是臆想，而男主角就像是“百物语”里的作家百介，把对前世今生的想象都演绎了出来。对了，京极彦夏的《巷说百物语》在我们书店卖得特别好，虽然厚比砖石，但每晚读一个妖怪的故事还是很有气氛的，尤其在这安静的夜。一班人聚在一起，每人轮流讲一个鬼故事，每讲完一个鬼故事就吹熄一根蜡烛，等到第一百根蜡烛吹熄，就会有怪事发生。

怪事发生了，几周后的晚上，一只白色锤子手机又一次以二维码的界面伸向了我。我认得出，就是那张萝莉脸。脑子里飞快地作着思想斗争，隐隐觉得今天就该将女主角当场拿下。

只不过，还没等我做决定，萝莉脸先声夺人：“借一步说话！”

那凛冽的语气，瘆人的眼神，不由我多做考虑，只得走出吧台，缩在墙角。

“我就是那个用白色锤子手机的，但不是男主角遇到的那位。”萝莉脸坏笑，却又不像在说假话。这个表情现在想来是有多难做到，保持严肃的同时居然能绽出一丝笑。

“我就是很想看看事态是如何发展的，是不是真有那么巧的再次相遇，就以一身白装扮来到了书店，呃，还特地买了一台白色锤子手机。”萝莉脸打开手机又关上，继续说，“我还想着会不会一到店里就被‘特务’们抓住。但遗憾的是，我在用锤子手机付款的时候连你都没有觉察到。”

而我根本没有辩解的机会，萝莉脸说：“我不在周三来，是为了不露出破绽。不过，观察了一段时间后发现根本没有这样的一位白色锤子手机使用者，估计姑娘也是那天偶然前来吧，夜里来书店并不属于她的日常活动。”

“这样的客人有很多，他们在店里留下一两个闪光点，恰巧就被记住了。”我说，就着她的意思。

“我是个作家，到这里搜集素材，这次，我想写写这个男人，孤独小说家。所以，我也有意识地在群里发点儿消息，增加他来这里的期望值，总要有盼头，这样他每次来之前都会想着‘今天就会遇到锤子手机女哦’。”萝莉脸为自己的精心策划感到满意。

我突然想到刚工作的时候，只要看到那辆白色别克君越车已经停在了停车场上，就会既安心又窃喜，哼着小曲儿等电梯上楼。那是前辈的座驾，因为家住城西，为避免早高峰，总是到得特别早。但是，看不到车的时候，比如遇上限行，或者出门办事，我就失落，哪怕知道不会出什么事。当然，本来也没什么事。

心理暗示的力量太强大了，强大到根本不需要任何逻辑就能为心找到安身之处。我不确定男主角是否有如萝莉脸所说心存期盼，但反过来，不也是整件事为萝莉脸每天提供着未知的希望呢——想到男主角可能有不一样的举动，就觉得好高兴呢，故事又有新的走向了。同时，群里面的人们正在等待新的故事呢。

每个人都可以是另一个书写者的主角，为彼此营造相遇的企盼，那是庸常生活里的一点儿甜头。

# 孤单时请大声歌唱

民谣歌手蒋山在不打烊书房

# Chapter 3

书房入口处有一张半圆形的高背沙发，背朝门，面朝吧台，也就是说，从外开门进屋的人看不到沙发里圈起来的人，但我在吧台里，一眼就能望见坐在里面的人。

这是整个书店里最大的沙发了，但坐的人不多。从比例上来看，被老外光顾得多。可能是习惯不同，我随机问过很多同胞，大多数人觉得不能把自己暴露在众人之中。显然，大门口的沙发太过招摇，人来人往都要经过。老外入座则随意得多，大多是图方便。在吧台买一份浓缩咖啡和素食沙拉，转身在柜台自取纸巾和糖包，旁边入座，大多数老外都是这个路线。

我曾经很认真地问过一对老外情侣，是因为单纯地喜欢这个座位，还是觉得沙发比椅子更舒服，或者，没有理由。他们被我的问题问住了，似乎觉得这不是问题，出于礼貌，还是回答了我：就近。

我见过太多迷茫的客人，他们手上端着咖啡，胳膊下夹着书本，单肩挎着双肩包，在整个书店转悠着找位子。他们的眼光会先落在落地窗边，但那几个仅有的位置通常都被占了；然后，他们会想要单人沙发，窝在里面不会被突然问“不好意思请问这里有人吗”；要是单人沙发也满座了，就只剩下里间的阅读长桌，虽然前后左右都是邻人，但好歹有读书的气氛，就像大学图书馆。

因为“就近”而坐沙发位的人就显得很单纯，或者说，目的性更明确——只不过是找个地儿坐下来看书而已，邻座是谁、有无阳光、阅读气氛只是附加条件。所以，那对情侣并没有去书架找书，坐定后顺手从小包里取了一本自带的书本出来，翻到夹了书签的位置。

我在很多个城市的夏天生活过，南方夏日的难耐在于燠热的持久性，这种难耐是维持一整天的，不会因为天色已暗而有所消减。我就在那样一个夏日夜晚再次见到了 David。

他往半圆沙发上一坐，弹起了吉他。

那是夜里一点钟。人声、背景音乐声之外，现场音乐会第一次就这么不打一声招呼地冒了出来。一首《Smelly cat》《臭臭猫》

瞬间暴露了我的年纪，尽管这里不是纽约的中央公园，我还是差点儿起身邀请他去隔壁玩几局桌上足球。

我认得他，就是曾被我问到为什么坐在沙发位上的那对情侣中的男生。那天他先于女友入座，不发一言，倒是女友站在沙发前回答了我的问题。

我有点儿尴尬，觉得自己过于好奇了，大多数老外，或者说理工男，无论如何，我也无法准确为这类人贴标签，反正就像这个男生，他们自带不愿意交谈的本能抗拒，无论是对朋友还是陌生人，他们在自己的世界里活得很自在。

这次我没敢上去和他说话，尤其他还是一个人来的。如果有那位可爱的女友在，或许我就会上前打声招呼；当然，我不知道跟他说什么，你为什么要弹这首曲子？你也喜欢《老友记》吗？你为什么这个时候来？太多“为什么”一定会让他生厌的。而我，又没有理由制止他，书房里弹吉他这件事，怎么说呢，他没有扰民，至少没有干扰到我。

夜很深，在冷气十足的书房里我依然能感到屋外的闷热，很难想象小时候是怎么度过夏天的，难道那时候的夏天要凉快些？那些大树底下摇着蒲扇就可以入眠的日子开始变得不真实。

《Smelly cat》弹完后，男人冲我笑了笑，我朝他点了点头。他说，他叫 David，杭州的夏天实在是太热了，租住的房子没有空调，简直难以忍受。这是他没想到的，因为在他的家乡澳洲，无论夏日白天再怎么热，晚上只要有一台电扇就可以安然睡下，甚至连电扇都不需要。

无处栖身时，他想到不远处有一家不打烊书房。

“跟你说吧，我们选择坐这个位置是因为不想以一个外国人的面貌扎在人群里。你想，如果我们也这么招摇地走来走去找位置，大家会把我们当外星人观赏。”David 突然回答了前一阵子我的问题。

“不至于吧，中国现在这么开化了，谁还没见过外国人啊。”我笑，直言别把我们当成扎辫子的清朝人，“我觉得你女朋友说得挺对的，你们也就是就近找个位置坐下而已。”

说起女朋友，我随口问她是不是在睡觉。没想到，她已经在前一周回国了。

“她觉得挺孤单的，在这里。”David 说，“加上她的录取通知书也下来了，就先回国了。”

其实，从头到尾我都不知道他们来中国的目的，旅行、游学、留学，或是找工作，他们和所有来到书房的人一样，只不过安放了自己一小段生涯，那是片面的，不足以代表无涯之生。而我也学会了不去追问前因后果，不是每个故事都有逻辑严密的楔子和迭起的高潮。

“这个时间在家里弹琴唱歌可能会被邻居投诉吧？”David 挠挠头。

“也许吧，如果弹得很大声的话。”从没有过难以入睡的夜晚，对于深夜的规则并不了解。那些发生在深夜的故事都是别人的，不能轻易借来谈论。

“孤单的时候要大声歌唱啊，中国有没有那么一句话？”David 问我。

我倒是想到新疆作家李娟有本书叫《走夜路请放声歌唱》，她说：“夜行的人再唱大声吧，唱爱情吧，唱故乡吧，像喝醉酒的人一样无所孤寂。大声地唱啊，让远方的大棕熊也听到了，也静静地起身为你在遥远的地方让路。”

不知道远离家乡又不幸被熏热了的 David 是不是有同感。

“我不敢让你放声歌唱啊，这是看书的地方。”话题终结者，我觉得自己太煞风景了。反正书房里也没几个人，又何必这么标准化管理呢。

“我觉得你们比我要快乐多了，我看很多读者都会坐在角落里，他们很享受一个人的时光。”David 一手扫弦。

“我不知道会在这里停留多久，或许找一间可以让我半夜里弹吉他的厂房，既当工作室，也可以睡觉。”David 怀念和朋友们一起日子。

我想说，那么来吧，夜里零点后，如果你还没睡下，就来这里拨拨琴弦吧。但我也没有发出邀请，生怕养成一种习惯，友好的宾客关系会向着不恰当的方向走去。我真是一个城市戾气很重的人啊。

我只能默许。

我们生活中的大多数人，实际上都孤独地活着，希望能有像《老友记》里那样的一群朋友，每天在一起吃喝玩乐，同时慰藉情感，互相陪伴；希望有这么一群人，清楚了解彼此的性情、举止、语言方式，熟悉得如同身边人，任何一个场景，不用看就知道他们各自的表情；任何一件事，不用想就知道接下来会有何反应。

David 也有《老友记》情结吧，要不然他不会弹唱菲比的那首“成名曲”《Smelly cat》。

后来他也来过几次，固定坐在唯一的一张半圆沙发上，最显眼。每次开场都是那首《Smelly cat》，像是在宣告"我要开始了哦"。早就分不清楚是谁抚慰了谁，由热转凉的日子里，"蹭空调"这个理由已经不能立足，深夜相逢的年轻人觉得活得更体面了些，更富老友情怀一些，等到我们老的时候，或许就可以说，当我年轻的时候，在深夜书房曾有过最好的时光。

2016 年的最后一天，所有夜班伙伴们陪着夜读的客人在门外早已静下来的马路上跨年倒数，我把 David 发来的视频文件打到投影上。秋天的时候，David 还是走了，因为巨大的孤独感和抵挡孤独感时产生的强大的无力感。

"外国人是喜欢独处的，中国人是热衷于扎堆的。"这么看来，我的臆想真是没有逻辑啊。

视频上的他照例弹完《Smelly cat》，接着用手指向屏幕，就像《老友记》里的 Rachel 指着电视机对 Monica 家里的宾客说：Guys，the ball is dropping（伙计们，正在降落）！

我们向窗外看去，烟花闪耀完后正在下坠，新的一年，我们又会遇见许多人许多事。

深夜书房

第四章

## 觉得生活潦草？或许只是缺了仪式感

信步走进黑夜，愿你从容

# Chapter 4

距离圣诞节还有半个月，我开始整理和这个主题相关的书籍，杜鲁门·卡波蒂《圣诞忆旧录》、狄更斯《圣诞颂歌》、东野圭吾《圣诞阿姨》、村上春树《羊男的圣诞节》、毛姆《圣诞假日》……都是我喜欢看的，平日里，它们被按照作者国籍的归类方式散落在不同的书架区。而现在，一年一次，可以有理由将它们聚在一起，错落堆放在吧台前面的空桌子上。

这怕是实体经营万千困难中的一丝光亮。我还可以按照自己的节奏和意愿，装饰这方圆一平方米，甚至传达心愿，而不是非得听老板的：挂彩带，贴圣诞老人头像贴画，还有，盘旋不止的《铃儿响叮当》，又土又难看，感觉不是迎客而是催人快走。

那些书的装帧本身也很应景，红色的，光看书皮就已经在被戳后背了：要过节啦！曾有一度，我也过得很麻木，非但不会对即将到来的节日产生渴望，甚至待到节日当天也尚无知觉。我曾误以为这种寡淡就是与世无争和心性坦然。殊不知过分的冷静和现实让我渐渐长成了一本哲学书或是人生指南，谁会爱上这样一本教科书呢！要知道，让我们为之痴迷的，总是那些瞬间穿透神经末梢的诗句啊。当我重新对大大小小的节日有了期盼，把它们当成一件大事时，期待－准备－迎接－送别，就像个等着吃糖的孩子，这感觉很棒。

气氛被营造出来后，每天宾来客往点头致意，客人还会多问一句：圣诞节，依旧不打烊吗？

这倒不是说那天会有很多人要来，大多数人只是好奇罢了。两年多来，一碰到节日，书房就会死寂，尤其和旁边营业时间延长、折扣打到最低的购物中心相比。也好，每年的这一天，我都大发善心让伙伴们出去约会；而我，乐得享用一个人的夜晚，偷偷窃取那些无法言说的愉悦，假装不为营业额担忧。

然而今年，老天似乎不忍再让我入不敷出、清汤寡水，距离圣诞节还有十天的时候，一个手工作坊社群找到我，想在平安夜当晚组织一场“动手派对”。简单来说，就是情侣们一起，用传统草木染的方式，制作一块属于自己的方巾。方巾是中国古代情侣之间的信物，在一个渐渐沦为情人节的西方节日里，用一块两人共同劳动完成的方巾辞旧迎新，听起来蛮有吸引力。

当然，商业社会不可免俗的是，活动不是公益的。考虑到草木染方巾要用到的颜料、画笔、方巾，以及指导老师的出场费，还有，手工作坊很周到地为我考虑到了场地成本，核算下来，我们会向报名的情侣收取一定的费用。

可能是情侣们厌倦了当天翻遍 APP 找一家餐厅、消费一顿比平日里高出两倍但很难吃的晚餐，也可能是对买花送戒指之类的伎俩深感乏味，出乎意料的是，“圣诞夜专场”三天就满员了，情侣们也都通过支付宝付清全款。

正当我在为今年圣诞节兼顾了情怀和营收沾沾自喜时，23 日下午，我接到一个电话，打电话的女孩问能不能退款，因为，她的男伴来不了。

我没有即刻答应她的请求。

本来就是小型活动，为避免物料剩余，我们最开始就在活动公告里声明过“不退定金”。而且，离活动开始只有一天了，很难再招收新的客人。

理由很充足，但我挂掉客人电话，隐隐不安，这种感觉，就像是白白吞了人家一百块钱。我觉得自己就像《圣诞颂歌》里的吝啬鬼，真怕也会遇到鬼啊。再一想，便根据来电显示，给客人回了个电话，和她商议并建议她一人前来，我将已经缴付的一半费用退还。对方应声，说正合她的设想。

我自己付上刚刚退还给客人的一半费用。既然腾出一个名额，我为自己报名。

24日当天，一如往常，我把灯光调暗了一挡，拉下投影幕布，开始播放每年圣诞都会看的片子《真爱至上》（Love actually）。电影里说："圣诞节，要和爱的人一起过。"我打开柜台，为已经付了钱即将前来参加手工活动的客人准备了我的最爱——热红酒。红酒本身的浓郁混合了茴香、桂皮的香料，又中和了柠檬、橙子的水果味道，给这个寒冷的冬天加了点儿慰藉。很高兴，商业社会里，我尚且能为陌生人准备一点儿心意。

按照一对一、面对面的座位排列法则，我和那位退款的女生毫无悬念地组成了临时组合，我们互相鞠躬，像日剧里初次见面的人们，道一声"多多关照"。

不是什么复杂的手工活儿，考验的是配合和专注。按照事先计划，两小时活动结束后，不急着回家的客人一起为圣诞节倒计时。

没有火鸡，没有烈酒，介于软饮料和酒精饮料之间的热红酒，以及天然无负担的面包，经过了先前的热身活动，也不显得寒碜。年轻人把刚才染好的方巾系在圣诞树上，新鲜出炉的手工礼物，应和着节日带来的新生。年轻人自来熟，渐渐围坐在了一起，约好似的。

有人在圣诞专题的书架上取了一本书，说来接力朗读吧。立刻有人反对：读书这件事情是私人的，最好是一个人靠在沙发上看一通宵。

那就谈人生和理想？有人开玩笑。众人嘘她：深夜来到书房里的人并不总是如书里写的，发呆，写作。

有人提出在这样一个特殊的夜晚，不如玩个不动脑筋的游戏吧，我第一个举手答应。

深夜书房是一个大容器，盛放不同人在不同时间的情绪和情感，没有高下优劣之分。

真心话大冒险，我拉了张支付清单，第一个付钱的客人就是第一个接受提问或是经历冒险的人。这人居然是我的搭档，对了，她支付宝上的名字是杰西。

她选择真心话。

众人努力商量，问题仍然毫无新意——为什么一个人来？

女孩落落大方，喝下一口热红酒，回答：本来要一起来的那个人，不小心走散了。

“来来来，说完了，继续！”杰西有点儿激动。

就这样，所有人几乎都被轮到了一遍，我的真心话问题也毫不劲爆，不说也罢。

活动在零点圣诞钟声即将敲响时自动结束，一个上海男子学着《老友记》里的 Chandler 大喊：“Somebody kiss me，it's midnight，somebody kiss me（深夜，有人吻我）！”真是欢愉的极致。杰西侧身，给了我一个贴面吻，她哭了，眼泪滑到了我脸上。

客人们陆续离开。他们走在路上，也许会遇上踩着高跟鞋、提着大包小包的女子，这些战利品够她们新鲜一阵子。大多数人应该直接回去睡了，毕竟第二天还要上班。你看，我们消费西方人的节日，却无权享受他们的福利——第二天不放假哦。

我站在书房门口，看街道恢复宁静，夜里单调无事，看墙外行人，一步花落，一步花开，踢踏走过。回到书房时，杰西还在，她在翻《圣诞忆旧录》。

我一点儿都不想就那滴眼泪和她攀谈，深夜，应该自己和自己对话。

“圣诞快乐。”我对自己说。

现在已经是圣诞节，清晨来的人并不多，可能前一晚都玩疯了。我看到杰西起身，将书、笔、笔记本装进包里，然后，换了个座位，挪到了落地窗边的大沙发上。打开化妆包，开始整理妆容。

天还没全亮透，书房非常安静，可以预测今天是阳光活泼的一天。寒冷的冬日早晨，应该有咖啡香，我也想趁机煮一壶犒劳自己。接下来进门的客人，或许还赶得上和我一起享用。

还真的有客人进门了，我朝他说“圣诞快乐”。待我冲了咖啡想给杰西送上一杯时，发现她的对面坐了一位男士，看背影，就是刚刚进门的客人。他们像是在谈论什么重要的事情，我便退回到了吧台。

圣诞节的书即将失去时效性。它们当然是很优秀的作品，但也不得不被即将到来的“新年系列”主题书替代，这是我给自己布置的任务。

刚走出吧台，女孩迎面上来，要一杯咖啡。眼睛红肿，吐字清晰，表情安静。

“我们在预订了活动后的一周分了手，却一直没有面对面说这事儿，而我始终觉得，连分手这件事都要通过微信来解决，实在是太过胆小的两个人。昨晚，借着酒劲，我给他发了微信，说出了我的想法。”

“所以，他一早就来了？”我问。

“是的，分手和求婚一样，都应该庄重，你也许觉得我矫情，但在感情世界里，恰恰是我们自己忽略了仪式感。”

“你觉得这间书房适合谈分手？”我不知该喜还是悲。

“书房的气氛很好，我指的是，人和人之间的情谊，哪怕只是萍水相逢，像昨晚。我喜欢这里，它可以为我人生的转折点作证。”杰西喝了口咖啡，“分手啊，就该找个公众场合，因为有旁人在，大家会比较克制自己，场面不容易失控。不过，没想到今天这么安静，我还是发泄了一通。”

她指指推荐书台：“又要换一个主题啦？”

我点点头。

“前男友不是不值钱了，只是，不适合了，时间和频率有点儿失调而已。所以，要封存起来。我帮你把这些书放到原来位置上去吧？”杰西捋起了袖子。

好一个仪式感。

“仪式是什么？”小王子问道。

“经常被遗忘的事情。”狐狸说，“它使某一天与其他日子不同，使某一时刻与其他时刻不同。”

那么，看在今天太阳依然升起的份上，让我们开始第二人生吧。

# 深夜书房

第五章

谁不是奔赴在逃亡的路上，从天黑到天明

一盏灯，是深夜的印记

# Chapter 5

周五晚上，一贯由我当班，要让年轻人尽情欢愉。十点钟，是一天的分水岭，在这之后，客人数量会减少，而在店里的人则会相对固定，大门不会频繁开关。

“看您，现在总可以歇口气了吧？”一直坐在离我最近高脚位置上的男子一脚先踩地，另一只脚离开高脚凳下的栏杆，跨了一大步，走到我跟前。

我点头笑笑，算是应答。

“我是这里的常客，非常喜欢你们这里，也很喜欢看书。”男子说。

要在前几年，我一定会感恩戴德做受宠若惊状，指不定还会呈上一张熟客卡，欢迎他多多光临、多多美言。然而，这么多年过去了，人总会麻木，好话坏话都一样。

“我也常常参加你们的活动，悦读会啦，作家见面会啦，手账大赛啦。”男子继续盘点着自己和我们的关系。

“谢谢呀。”我有点儿累，但碍于“客人”这个尊贵的身份，不能像对待闺蜜那样甩出一句“烦不烦，我知道啦”。

直觉告诉我，这位男子并非无事搭讪，当然了，也不是对我有意思，他一定是有什么业务要跟我谈，前面所说的，皆为铺垫。

然而这个时间点，我一点儿都不想谈生意。

“你拿几个回扣点”“包场做个活动”这些词最好不要给我出现。说实在的，我也想做点儿有意思无意义的事情，我也想意识形态理想主义。

“我和女朋友经常约在这里，留下了很多故事。”男子话锋一转，开始打情感牌，往内心戏里说，“所以我想，能不能借场地一用，在这里向她求婚。”

我的脑门上顿时冒出无数个二次元抽象字符，它们抽打着我的脑神经。

“你放心，我尽量不打扰到其他客人，时间可以晚点儿。”男子非常小心，他误解了我的沉默。而这句解释也解决了我的后顾之忧：书房毕竟是公共场合，情怀也不能让它成为派对夜场。

希望你理解，我把这看作社会人的默契。

“这是好事儿啊，我想，没问题！”有了男子事先的允诺，我想，可以为他表示高兴，只是，碍于一店之主这么“显赫”的身份，尚不能欢呼雀跃，这也蛮惨的。

男子显得很高兴，没想到我会这么痛快答应。

“我是公安系统的，平时非常忙，觉得亏欠女朋友很多，所以求婚这件事，我想特别一点儿。”男子自称“大先生”，介绍完这一段基本情况，没有更多话语。

这对于刚刚在现实世界里恋爱失败的我来说，实在太虐心了。但有什么可说的，这两年被心怀大爱的陌生人虐得还不够多吗？

“帮我在靠里的桌子上准备一束百合花。”“把这本书藏在这个书架上好吗？”甚至有客人当面偷偷递给我一个盒子：“送咖啡的时候一起端过去。”全世界都默认我一定乐得做这些事情，要不然为什么要开这么一家店呢？作为回报，他们凑上来，跟我讲那些发生在两人之间的故事。但是大多时候，除非是深夜，我没有想听的时间和愿望。

如果大先生白天来，可能我不会给他太好的脸色。

深夜 12 点半，我和大先生开始选日子。

这真是一件头疼的事，比挑黄道吉日还难。首选是他得不加班且目测不会有加班的可能，再就是女朋友不会加班且没有安排闺蜜聚会——这挺考验大先生如何盘问又不露出马脚，最后还得应着我这里，没有主题活动。总之，现代人定日子是一件焦灼的事，我们常常连好友之间的一顿聚餐都要约到一月开外，每个人都有这样那样的既定事务。有人说这是一种社交默契，也就是说，即使你屁事都没有，闲得在家玩手指，别人约你的时候，也要假装很忙。比如，我约你周六出来，你的社交辞令应该是：啊，周六下午啊，等一下我看看我的日程安排。

初步拟定了几个备选日子，大先生就走了。

后来的几天里，大先生来过几次，都是深夜，一个人，买本书，或是喝杯咖啡歇个脚。我说，做你的女朋友真好，被捧在掌心。他回答说“你也会遇到这样对你的人”。

我不是没想过问“怎么没和女朋友一起来啊”，因为他说以前常和女朋友来这里看书的呀，要不然也不会选我们深夜书房向女友求婚。可是，他不说，我不问。

人和人之间铺设着一条界线，心理学家称其为边界，无论是熟人还是生人，都不要轻易跨过去。留一点儿余地给对方和自己，会看起来更体面一些。既然这样，那么人情冷暖又怎么区分出来呢？无非是，他来了我会问：“还是老样子？”美式咖啡去冰加脱脂奶是这位老客的一贯口味，我了解，并充分展示出这种关照，就够了。

只是，最后我忍不住问：“嘿，定好日子了吗？”

大先生笑：“都在加班，还没来得去打听女朋友的日程表。”

我应了句：“成，定下来给我发微信。”

说完我就后悔了。没有加过大先生的微信不说，我本是个拒绝随便加陌生人尤其是客人微信的人，这无异于把他们拉扯进我的私人生活中。当然，我也遇到过不少要加我微信的客人，我一般都会以“很抱歉，上班期间手机不能带在身边”，或是“请扫一扫深夜书房二维码，有事我会在后台及时回复你”为由，尽可能保持自己职业和置身事外的一面。

安全。于己于人。

“好哦！”大先生晃了晃手机，推门而出，并没有说出那句“对啊，我们还没加微信呢，来，加一个”。相反，他给了我一个台阶下。

大先生还是会在深夜隔三岔五过来，距离头一次向我询问是否可以借场地求婚已经过去将近两周，我们初步拟定的几个备选日子也已过去。我不知道中间是不是出了什么状况，或者他另选了场地不好意思跟我提。无论如何，他不说，我不问。唯一不变的是他点的美式咖啡去冰加脱脂奶，使得我们维持着比基本宾客稍高一级的关系。

昨夜，天气转凉后的第一个晚上，当然，“夏末”这种看似描述季节实则模棱两可的字眼对南方这种潮湿地带来说毫无意义，我们仍然需要一间开着冷气的书房，驱走暑气余威带来的汗渍。大先生来了，喝了几口咖啡，端着咖啡杯走到吧台前。终于，要定日子了，我心想。

“您这儿什么都不用准备，若是需要道具，我会自己带来，您能提供场地已是最好的支持。”大先生又加了一句，“日子还没定下来呢。”

显然，他看出了我前几次的欲言又止。的确，能早点儿定下求婚的日期，对我的工作和书房的正常运营都好，我也可以提前安排人手，以保证当天“大事”降临时一切有条不紊。不过，就按照大先生刚才所部署的，似乎这事儿还没那么迫切。

我点点头，礼节性地说了句“等你通知”。

书房求婚这件事渐渐不再被我记挂起，哪怕大先生总会按照一周两三次的频率来坐坐，凌晨 12 点后，每次不超过 1 小时，但也无法说明什么，好像从来不曾激动过。我从不问他是不是住在附近，或者开车回家要多久，他也不像其他客人那样，处久了总会问我“深夜上班身体吃得消吗”“怎么会想要做一间深夜书房”。可能我们都能够考虑到回答对方时的为难，因为每个人的安全范围不同。

入秋后的一个晚上，我刚给大先生做完咖啡，书房门就被打开了，来者激动地跑到我面前，给了我一个大大的拥抱——隔着柜台。她是我的老邻居琳达，小时候我们关系特别好，还说要合伙开一家店。只是没多久，她就搬家，然后致力于周游世界。这次，显然是她刚下飞机要给我惊喜。

可能是动静太大，店里唯一的客人——大先生，朝我们这边望了望，又匆忙起身，朝我点了点头，推门而出。琳达也扭头朝他那里望，直到大先生离去，她才问我：“你认识他？”

“客人，常来。”我没说那些关于求婚计划的事。

“我认得他！”琳达说，“那年我搬家后，他就住我们新家楼上，人挺聪明的，特爱看书，我妈还让我把家里的书给他，他也很客气，但就是怪。”

怪。

怪不得，我从来没有见过他要求婚的女朋友，而求婚这件事似乎也从此不了了之。

我把之前发生过的事简单地跟琳达描述了一遍，本以为琳达会说“怪，真是怪，我说了吧，怪人一个”，然而，她关注到的重点居然是：这个怪人严格掌握着“社交默契”——不贸然要求加微信，不走近巴不得坦诚相待，甚至千方百计不让对方产生负担和压力，这在走南闯北的琳达看来，难能可贵。

“你不知道那些动不动就说‘我们顺路，你载我一程’，或者是，‘哎呀，来加个微信方便以后联系’的人是多么讨厌！”那些我同样嗤之以鼻的恶习通过琳达这张不经设防的漏斗嘴噼里啪啦展示出来。

无趣的人都一样，有趣的人各有各的怪。

大先生还是常来，求婚这件事似乎已经不那么重要了。我也偶尔听人说，大先生有臆想症，还有人说他之前做过乡村老师，每天胡言乱语被赶了出来，从此得了很奇怪的病。

说什么的都有。

可是，谁不是有病呢？而讽刺的是，很多社会规则只有病人是牢牢掌握的。我们都奔赴在逃亡的路上，从天黑到天明又天黑。

外面下雪了，还没找到白头相伴到老的人

深夜
书房

# 深夜书房

第六章

## 全世界就是一个片场，而我们只是戏中人

我和你，算不算在演戏

## Chapter 6

有个叫莉莉安的熟客在微信公众号后台留言给我们：下周我会来深夜书房待上三天，整整三天。

我认得此人。

书房刚开的时候，她老来晃荡，我们就在那个时候建立了特殊且非常深厚的宾客关系。怎么说呢，刚开始打理店铺的我，总怀有新鲜兴奋不安慌张，集复杂矛盾于一身的情绪——极力想把事情做好，又茫然不知从何入手。后来慢慢意识到，这种交错感和我多大年龄以及是否从事新工作并无多大关系，而是如同基因一般伴随一生——开学第一天，开工头一日，新婚第一晚……这种情绪差不多都会不请自来地登门造访。

莉莉安就在那个时候出现在了书房里，几乎每天，前半夜来，后半夜走。这样的作息时间已经超越了她作为一个标准古典美女本身，直到现在，我还是习惯把她的形容外貌放在最后面去介绍。清秀温婉，如果非要说，该是“我见犹怜”型。

我好奇，上去和她打招呼，并无特别。没有凄凉的知音体故事要讲给我听，也没有白衣女鬼的灵异经历要在深夜叙来，她和大多数客人一样，翻一小会儿书，喝一杯热红酒，深夜才来只是因为总是习惯很晚才睡。

她说书房有一种特殊的气场，灵感小精灵会定时在脑边飞来飞去。而她推门一见我，便会心定；我说我也是，看到莉莉安一动不动的背影，会下意识地觉得多了一份陪伴。如果，有强盗此时冲进来，我也是不怕的。

我们都不会否认，当时的时机便是两人都对陌生环境有一种未知感，人和人的距离被拉得很近。要是这个时机来得晚些，两人都已经在里面安全地自得其乐，怕是不会再生说话的意愿。

我们就这样相互关照着过了大半年，有一天莉莉安去留学了，我请她喝了最后一杯热红酒。

接下去的日子并无止不住的思念，你居然很习惯一个人的离开。而你必须意识到，这才是生命的本质，肝肠寸断不适合具体而琐碎的日子。

有过这样的相逢和告别，我本不该对莉莉安的此次登门表示惊讶，而她在后台的郑重预约让这次重访上升为一种仪式感。

我连忙问：住旁边酒店吗？需要帮你预订吗？

她说不用，晚上几乎都要在书房里待着。

大概一周后的某天晚上，她就来了。我们相视而笑，连拥抱都不需要，似乎距离分别的那一刻也没有太久。

她要了杯热红酒，递过去的时候一不留神弄洒了，急坏了她，抽了一把纸巾使劲抹，一边还念叨“把抹布给我”，倒是衬得我这个主人很不积极似的。她开始在吧台柜面上抹，红酒渍早就抹干净了，她又转身去洗手间把抹布搓干净。

我见过很多热情的客人，白天书房里人流量大的时候会主动帮助维持秩序，要求买咖啡或者付书款的人自觉排队，更有甚者会先帮我记录后排客人要点的饮品餐食以便吧台另一位伙伴可以先着手准备。我一直为这种在书房里自发形成的友好氛围感到骄傲。它不是一间普普通通的街边小店，更像是大家的书房。

深夜则变得非常不同。人们褪去了斗志昂扬的进行曲般的精气神，懒懒的，专注在自己营造的小世界里，你分不清楚到底哪个才是真实的自己。而晚上也让我很难感受到每个人的真实状态，相对少的人群使得这里没有那么多突发事件，我和他们产生不了呼应。

莉莉安的热情没有就此停止，她巡视着整个书房，将展示架上错位了的复古玩具全部扶正，就像最初；把东倒西歪的明信片归拢，又添了几本凑紧一列；黑板上下面凹槽里的粉笔灰被清理干净，桌子上喝完了的咖啡杯收回到吧台……总之，肉眼能看到的无秩序全部扭转了过来。最后，她走向书架，每天这个时候，书本堆放最乱。深夜书房，最考验人的就是刚刚入夜后的两个小时，也就是现在，零点到凌晨两点，交接班都是情绪的过渡。而后，随着客人的离去，工作量也会相应减少。

如果将现场用影片还原出来，就像一部只有动作没有声音的默片，而且有点儿滑稽：女客人正在忙前忙后，主理人却呆立在吧台里，夜色中形成鲜明反差。我好几次要去阻止莉莉安，反客为主毕竟不像话。但她没有搭理我，反而说是深夜书房的幽静让她有了大搞卫生的冲动。

我想到自己老在半夜擦地板，就放弃了劝导。

在来到深夜书房前，我一直在报社当记者，专门负责文化演出。演出都在晚上，稿件次日要见报，久而久之养成了深夜作业的习惯。在没有演出日子里，我也会在家看一部片子，每每看完都觉得异常空虚。也是从那时候起，我爱上了半夜打扫房间，好像这个动作能为极其文艺不接地气的生活和之后的睡眠来个过渡，似乎只有这样才能因为“目标在前方，往事在身后”而安然入睡。

默片就这么一直上演着，直到凌晨我打算下班，莉莉安也洗完最后一块抹布准备回去。她没说回哪里，只道“晚上见”。

晚上她真的来了，换了一身朋克风的衣服，在老位子坐下。介于前一晚的辛勤劳动，我请她喝了一杯红茶拿铁。端出去的时候，没有附加糖包和奶精球，在我印象中，她不爱吃甜的东西，尤其是晚上，更会控制热量摄入。

她道了句“谢谢”，用双手抱着杯子环视四周，起身，从吧台取了搅拌棒、糖包、奶精球，回到座位，慢慢撕开每一件物品的外包装。我正纳闷莫非是出国留学的压力让她学会了嗜甜，却发现她根本就是在捣乱——黄糖、奶精没有被倒进饮品里，只是以不再被使用的残缺状躺在桌子上。

今晚的莉莉安看上去有点儿失落，使得整个书房的气压都很低。

她开始用力搅拌饮品，尽管里面什么材料都没有加，喝了两口后放下，缓缓起身，走到书架前。

这让我有点儿琢磨不透，难不成她回国的这几天就是来这里做义工的?

深夜的特殊气场确实让书房一直被年轻人喜欢，他们通过微信、微博、电话，或者专门跑到店里来询问收不收义工。除了深夜这个时间点让人觉得新鲜好奇、不受拘束外，也有很多失眠患者视它为福音。最讽刺的是，曾有一位教师很想来做深夜店员，理由是“每天疲于教书，却没时间看自己喜欢的书”。离书本和知识最近的职业，却离阅读如此遥远。

人都是有两面性的，白天和黑夜，家里和家外，不同外力作用让人呈现出一种全新的姿态，而在这两两组合中，“家外的黑夜”这一选项里，有着大多数人不曾照见过的自己，令他们自己都觉得新奇。

没等我确认莉莉安此行的真实目的，她倒是先从我面前飘过，捧着一大摞书。坐下后又起身，向我借了一把剪刀。

“每个品种只能拆一本，我记得没错吧？”莉莉安问我。

她显然还记得我们的规矩，每本书一般都会配两个副本，不允许拆开外包装。倒不是强迫客人非得将书买回去，全是因为最初的善意被辜负——最初的真诚让原本拆封给客人试读的书在不同程度遭遇了肢解：封面破损，内页散落，甚至还有下划线的标记。我一点儿都不认为这是爱书或者爱阅读的表现，图书馆和书店里虽然都装着书，但它们从来是两种不同的类型。

权衡之下，我们定下了规矩，即每个书目只允许拆一本。

莉莉安挑的这些书都是几分钟前刚刚上架，还没来得及拆封的，我递了小刀给她。

她将手头的书一本本拆开，比起想阅读的冲动，我体察到更多的是撕开透明包装纸时的快感，就像晴雯撕扇。我不知道莉莉安今天是不是真的心情不好，如果是这样，我应该尽快让她捏捏塑料泡泡。

书的包装纸被撕开，书本鲜活地呈现在眼前，每次这个时候我都会有种莫名的兴奋和不安，不知道从哪一页开始看起，以至于开头的十几分钟都是从后往前乱翻书。但是莉莉安一点儿都没有要开始读书的意思，她换了个座位，把人家喝完的纸杯举起来，又取下纸杯套，按照折叠裁剪线撕开——你这是要做什么！牛皮纸杯套成本高，除了客人外带或者杯套本身已经损坏，一般我都会挑出来进行二次使用。

相比心疼成本，莉莉安这些反常的举止更让我疑惑，今天的她明显是来搞破坏的，和昨天那个讲究秩序的她判若两人。但要我说，昨天和今天的她都不是我认识的那个她。

那天她离开得比我早，甩给我一张冷酷的脸，扬长而去，我连当面问个究竟的机会都没有。也好，给了我足够时间收拾她留下的烂摊子。

第三天晚上，因为是周五的缘故，过了零点店里还有不少人，增加了我的工作量，但这并没有妨碍我期待莉莉安的推门而入，我很想知道，今天的莉莉安又是怎样一种面目。

倒是我的老邻居琳达来了，前面说过的，小时候我们关系特别好，还说要合伙开一家店，只是没多久她就搬家、留学、周游世界，在我开办深夜书房之前。这次，她回国休假，便会时不时来书房看我。

“这两天有没有怪人出没？”隔着吧台，琳达一边挑选合意的蛋糕，一边问我。

“那位大先生倒是好几天没来了，其他怪人嘛……”我把所有见到过的客人都在脑海里过了一遍，在莉莉安闪过的时候，我咯噔了一下，但因为不确定她的行为算不算怪，我还是没有将她“检举”出来。

“好像没有唉。”我回答她。

“唔，你说，你常年处在这样一个半开放的公共空间里，我的意思是，其实你的一举一动是不具备私密性的，任何人都可以偷拍到你。嗯，我就是想问，你觉得站在吧台里的你是真正的你吗？”琳达问了我这样一个带着哲学高度的问题。

“喂，大半夜的，我们喝点儿热红酒好吗？”我一点儿都不想扯这些“人之所以为人”的命题。

现在的人啊，动不动就是“主义”“人生”，生怕自己浅薄了，我这常年混老外圈子的老朋友也不能幸免。不过话说回来，比起“互联网思维”“大数据”倒是是要动听多了。

“来一杯热红酒。”这是莉莉安的声音，不知道什么时候她出现在了收银台。

“咦，导演，你怎么出现了？”莉莉安和刚抬起头的琳达撞上，

“今天不在机位前候着？”听莉莉安的口气，不只是早就认识琳达这个人，而且洞悉她的行踪，只不过琳达出现在书房这个动作有违原计划。

“饿了，来买块蛋糕。”琳达的回答简明扼要。可是，在我看来，她不应该迫不及待地介绍说“这是我发小的店，我来看看她”之类的吗？

总之，一切都很反常，包括我不知道今天的莉莉安会呈现出什么面貌。

“今天的你，就是你，二十分钟后开机。”琳达命令。

什么？开机？我完全懵了。

然而我的发小，琳达同学，并没有要向我解释的意思，她往书房外走。

“琳达，你给我站住。”没顾得上主理人的身份，我大吼。这让书房里的其他客人齐刷刷扭头往我这里看。

琳达还算给面子，又折了回来：“我要去看下机位，做最后的拍摄部署，你不要急，莉莉安先给你大致说说。怎么还是老样子，这么耐不住！明天我请你喝茶。”她把手搭在莉莉安肩上，饶有大姐大的风范，“解说一下我们的项目。”说完就走了。

我瞪着莉莉安，她连水都不敢喝，只得速速道来。

“琳达姐是我在留学期间的师姐，在一次留学生聚会上认识。很快我们就发现‘深夜书房’是我们的共同朋友。”莉莉安说，“我们都是学电影的，自然都有拍好片子的心愿，于是我们就锁定深夜书房。”

“你们在拍什么？什么时候开始拍？”多么光荣伟大的事啊，我心想，为什么琳达不跟我说呢，我可以提前准备啊。

“我们的机位隐藏了起来，你看不到。这也是没跟你说的原因，我们想要自然拍摄。”莉莉安刚要继续，便收到了微信，她的下一条拍摄开始。

我无心观察莉莉安今天的表现，或者说，今天的她太过正常，无非就是买热红酒，坐着看书，朝那些和她擦肩的客人微笑，一如最初那个因为睡不着而混迹在深夜书房里的她。

“我们的拍摄今天结束，明天琳达姐会跟你说整个来龙去脉的。我得回去好好睡上三天三夜。”莉莉安走了，我不确定他们的日常拍摄有没有因为女主角的离场而关机。也许不会，因为世界都是他们的片场。

而我这样的急性子，等不了琳达来约就直接冲到了她家里，她对我的“擅闯民宅”丝毫不意外。

正如莉莉安所言，这次的拍摄采取日常记录，也就是没有导演，没有演员，在大多数人不知情的情况下，发生什么记录什么。

也有一个例外，那就是莉莉安，她算是半个演员。说她是演员，因为她了解前因后果；说她是一位客人，毕竟她只是在演自己。

剧情灵感则来源于一次户外拓展，入住酒店时，莉莉安无意中和琳达提到一个有意思的生活发现——人们一旦进入酒店这个奇妙和强大的“场”，就会呈现出截然不同的自己。一个专门搞破坏，每一瓶水都打开喝一口，每一块叠好的毛巾都抖出来擦擦脸，每一罐洗浴产品非得消耗一点儿，总之见不得它完好如初；与此同时，另一个变相爱收拾，床铺乱了铺好，靠垫散了归拢，茶杯脏了洗净，总之比任何时候都要洁癖和井井有条。琳达觉得很好玩，两个人还真的就这个小小的点进行了讨论，然后发现，只要把人置于一个特殊的外部空间，便会不自觉地呈现出完全不同的个性，以及表现出截然不同的行为，也许这些都不是正常的自己，只不过是在特定时间环境里的那个恶魔。

那就是三天里三个不同的莉莉安。

“我们会把同一个人截然不同的行为剪辑在一起，会很有意思。”琳达简单提到了她的构想。

“还记得我们那会儿通信聊电影时说得最多的那部吗？”琳达问我。

琳达搬家后我们一直保持通信，说最近遇到的男生，说班主任的坏话，但聊得最多的一直是电影，对喜欢的片子抽丝剥茧。

她想问的是哪一部呢？

啊，是《楚门的世界》。从出生到成长，楚门一切的喜怒哀乐，如果不出意外的话，包括他的死亡，都在一个被人为操纵和设计好的舞台上上演，并被无以计数的生活在光鲜富足的现代世界的男男女女驻足观看。而这样的“真人秀”在今天已经不是新鲜事物，每个人都在观看和被观看，你的一举一动都是剧情，大可以夸张出演。

书房是个活生生的片场，是夜归人的集散地。绅士和混蛋，时装人和乡巴佬，家庭主妇和商务人士，来者都是戏中人。我也是。说过的话就是台词。书房时而是图书馆——用来借书，也会被装扮成银行——借钱、邮局——收发私人信件、寄物处——临时存放物品、新书发表会场——朗诵新作，或许以后还可以为流浪旅人挂单，为沙发客提供床位……总之，这个片场就像枪击不破的虚拟世界，每个来的人，都用自己的方式度过夜晚。

如果现实生活让你感到沮丧，不妨将心一横，将其看作是一个片场，反正都是虚拟的世界，悲剧演到伤心处也有导演说“停——”的那一刻。

反正都是虚拟的世界

深夜书房

# 深夜书房

## 第七章

### 你总会找到我，只要这盏灯还亮着

灯亮着，深夜书房就开着

# Chapter 7

深夜书房一直24小时营业，尽管如此，它还是人们意识里的“特别关心”，每逢节假日前，人们都很急切地询问：正常营业吗？会不会提前打烊？

书房是和这个城市共生的产物，黑夜像为人们启动了第二人生，将生活的时间线延长，空间扩充。人们饶有兴致地探索自己在黑夜里的潜能，甚至创造出了一种新的生活规律：只要下夜班经过书房，肚子就会不自觉地产生饥饿感，此时想拥有的就是一个没有负担的酵母面包和一本好读的书，说是打发时间也好，说是享受人生也罢，反正要这么过一遍流程才能安心睡去。

曾经有人跟我说：因为有了这件行事历，才不至于每天晚上抱着手机一个人演出内心戏——怎么还没给我发消息？为什么今天没理我？哦可能今天手机没电了吧？而世间女子，又有几个能躲得过情殇和虐恋呢。如果深夜书房真能贡献 0.1% 的治愈功效，也是功德无量。

安东尼奥（Antonio）和安东尼娅（Antonia）是一对情侣，他们的英文名字只差最后一个字母，O 结尾的安东尼奥是男名，A 结尾的安东尼娅是女名，但是，二者的简称都是“安东”。所以，我认识他们的时候就用了一种很本土化的方式来区分，男安东和女安东。

这是名字带给人们的缘分，据说两人是同系不同专业的同学，在英语这门公共课上，经常因为没听清楚或者压根就是老师发音不准导致弄错人，比如两人听到点名后同时站了起来，或者被记错了旷课的人白白挨骂。他们说这段过往的时候，我想到了在我青春年少时唯一看过却不止一遍的青春小说《花季 · 雨季》，里面有一对金童玉女，刘夏和王笑天，老师会在下课前说：“王笑天，留下，到我办公室来。”于是，两人都去了。因为太多这种无厘头的巧合，使得两人越走越近。十几岁的时候，我也很向往这种校园恋情呢。

两个安东第一次来书房就在深夜，当女安东说要去吃加辣加醋的炒米粉时，男安东说不如去深夜书房吧，可以要一个富有嚼劲的面包坐在那里一直嚼一直嚼，嘴巴上下开合的频率和翻页的速度一致。而年轻的标志就是不会犯困，身体伴着心灵直到天明。

女安东是重庆姑娘，对她来说，火辣辣的锅物或是重油加辣的小街料理才能勉强称得上一顿落胃的夜宵。随男安东来书房时，她是不那么乐意的，毕竟，酵母面包、沙拉、咖啡实在太寡淡了。

当然，女安东并没有发小姐脾气，那一晚，两位安东各自挑了一本书坐到很晚。男安东看卡伦·霍妮的《自我分析》，吃一个小号的黑裸麦核桃面包，喝一杯大杯美式咖啡不加糖奶；女安东翻一本深夜书房故事集，一手用来翻页，一手托住下巴，看样子已经腾不出手来吃喝，他们坐在一起，互不干扰，也不交谈。

男安东也很难不让人喜欢，安静、沉着、专注，不过分宠爱女朋友，又能最大程度上响应各自的需求，以一种两全且舒服的方式。我见过无数在深夜书房里腻歪的情侣，他们互为神祇，早就忘了自己身在何处。

那个夜晚给我留下了深刻印象，以至于现在再见女安东都会没来由地想到初次见他们的夜晚。世间人对爱的理解并不透彻，无论何种爱都要在人形，不要拔得太高，像神灵一样接受膜拜，也不要人格矮化或被矮化。可诱导，但不要控制，除了在摇滚现场，没有任何理由让奴性生长。

那次之后，两个安东会定期过来，男安东一本本啃心理学——我也是凑概率猜的，因为最初他看的全都是卡伦·霍妮，而我恰恰是霍妮的粉丝，由此武断地将他看的书都归类为心理学范畴。女安东则一如既往地从书架上随机选书，没有路数，可以从言情小说跨越到儿童绘本，也有专心读古诗词的时候，仅有的规律大概叫作“心情”，一切看心情。

偶尔也会有女安东一个人来的时候，一本书读很久，然后离去。不知道为什么我一直没有去问缘由，总觉得过几天男安东就会来的。

要不了一个星期，两个安东真的一起过来了，如你所想，两人组合丝毫不会给书房带来涟漪。我们自始至终都仅限于最最普通的客人和店主的关系。

天气转凉，当我问候了一天“你那儿冷不冷”“你们决定穿棉毛裤了吗”“你屋里多少度”“中午吃火锅不”后，撞上了迎面而来的女安东，她在凌晨冲进书房，脸冻得通红，眼睛亮闪闪，点了一杯热美式咖啡和一个黑裸麦酵母面包，要求加热，打包。

“安东尼奥的航班晚点了，我打包给他最喜欢的夜间标配。”女安东主动告诉我，“这几天他在北京为出国做准备，都是面试，回到酒店后都会跟我说，好想来一份深夜书房标配。”

这份标配里，除了吃的、喝的、读的，也应该包括女安东吧，这三者才能组合成一份完整的深夜书房标配。

夏天适合表白，秋天要挽手约会，冬天想厮守到老，就连一份夜宵也要专门去买来送到你面前。我真喜欢冬天，冬天里的拥抱有暖，有爱意。

安东尼娅胳膊下夹着一本书，手上提着咖啡和面包，转身走出了门。这是她在书房待的时间最短的一次，让人想到《志明与春娇》，余春娇费了好大劲，专程从香港 7-11 买来店食肉酱意粉带到北京，给张志明吃。北京也有 7-11 啊，但是香港的那家店里有两个人的记忆吧，所以，春娇带去的不只是一份肉酱意面。

北京也有深夜书房，但对安东尼奥来说，一定还差了点儿什么。

第二天晚上，两人就结伴而来了，我很主动地询问：一份标配？男安东点点头。

他们在老位子上坐下，男安东开始看书，女安东也是，只不过没有从书架上取，而是开始翻看男安东包里的心理学书。送咖啡和面包去的时候，两人正处在休息期，我随口问了句“面试还顺利吗”。

女安东替他回答：“还成，不过过几天他就要去香港参加面试了。”

“香港有好多 24 小时不打烊便利店呢，你也一起去呢！”我本能地应了句，又后悔自己太多管闲事了。

“我不去哦，我在这里有工作，脱不开身，我会在这里等他，或者给他准备好深夜标配。”女安东十分和气，毫无离愁别绪，要知道，面试成功，男安东就会远行。

“还请多多关照，这里的面包要一如既往的好吃哦。”男安东很少说话，偶一开口，居然是日剧台词，这让我忍不住笑出声来。

有了那次交谈，在之后女安东独自来书房的日子里，我们就多了些对话。大学同学，毕业后留在这个城市工作，两年后女生职场顺意，男生更想继续深造，经过一段时间的思考后决定尊重彼此的决定。听上去，她对总有一天会到来的离别已经做好了充分准备。

练习一个人，就是早早把自己投入到一个不允许肆意发泄的大环境里，相比残忍的回忆，那里更多的是安全感，昏黄的灯光、咖啡的香味、朋友的点头，孤单的时候才不会觉得无处容身。

我以为会再次出现女安东露着脚踝小跑来打包夜宵的画面，迎来的却是一周后，男安东提着行李箱，女安东走在一边。

我有一种不太好的预感。

我见过很多拖着行李箱来的人，有些是出差的远行客，深夜书房的一夜可能好过冰冷酒店一宿。也有很多人是专程前来分别的，就像我说的，找一个公共场合，情感就能被克制，不至于太过放肆。看得越多就越明白，只要根据行李箱的尺寸，就能够判断他们要分别多久，甚至知道其中一些将不会重逢。

“安东尼奥要去美国了，念心理学。”女安东向我来报喜，“今天可能是最后一次一起来书房了哦。”

“你眼里，我到底有什么好呢？”我还没来得及反应，一向沉默的男安东突然向女安东发问。

“你是很好，你比多少看起来更成功的男人内心单纯、干净。”要非出自长久而坚定的真实内心，女安东断然不会这么快速脱口而出，语句工整得像台词。

男人问这样的傻话，因既非权贵，也非富豪。而单纯和干净，还有内心的朴素，就是一种美好。不浊的男人，就是好男人，正如我第一天看到的那种安静。

以这样不入流的姿态，尚且能从容地生活着，在一个美丽的城市，而且不算穷困潦倒，已属幸运。这样看来，这也是个不错的时代，能让不同的种类相安无事，何须还要贪求他人的掌声？

吃完黑裸麦酵母面包，喝完最后一口美式咖啡，两人头一次没有一起出门。像是早就约定好的，甚至连拥抱和恋恋不舍都没有。男生拖着箱子，坐上了停在外面的专车，女生坐在原位，望着桌上的心理学图书，接下去，她也会来读这些书。

“其实一直很孤单啊，因为我们总是聚少离多，幸好有这盏灯啊。想来，说不定是安东尼奥特别安排的。”女安东说。

原来，每个人都有脆弱的一面，只是不表现出来罢了。

“如果没有这盏灯，真不敢单身太久，以前是，以后也是。”女安东喝了口酒，这是她第一次点东西喝。

要这么说，我也得好好谢谢这几盏一到夜晚就通明的灯，因为它们一直保持强劲的电光火石，我才能在纷繁的世界里做一个守夜人。

有时候知道反对什么，比知道赞成什么更清楚；有时候知道不需要什么，要比想要什么更重要。无论发生什么，蹉跎岁月的的确确使我们难忘。多年后我们可以记起的，是无数个不可名状的日子，是好几个为某个人担忧的日子，是那些尚且因为爱而留在我们内心深处的坚定。

# 深夜书房

第八章

你需要一个未来的人，告诉你坚持的也许是经典

卷帙浩繁，只取一瓢饮

# Chapter 8

晚上9点多，朋友圈开始了各种营销，据说晚9点到晚11点是公众号文推送的黄金时间。我会在那个时间停用朋友圈甚至不看手机，强制自己免受干扰。

南国之秋，树叶永远沙沙作响。书房显然没有接住这猝不及防的换季，就像我永远跟不上急速更新的互联网世界，消化不了那些在订阅号、服务号和其他端口里的庞大信息量。

我的脑子和这台空调一样，温度设置总是要慢一拍。打算一会儿走出吧台，问问客人们是不是觉得冷。

在这之前，我要先去手机微信里设置“停用朋友圈”——这还是一位女客人前几天教我的，她说，大多数都是没有营养的垃圾，再看下去快要得抑郁症了。

在这之前，我没忍住一刷，看到微博热搜里说某男明星去世，而该明星生前患有抑郁症。

触目惊心的死因。

没来得及细究，书房一帮老客就来了，他们在老位子坐下。

“到底因为什么啦？我看过他演的电影呀。”

“说是抑郁症啊？我也没仔细看。”

老客们这次不是问我“有点儿什么八卦，说来听听”，而是自己忙不迭地先扯开来。

“是不是在说某男明星去世的事？”相比离婚又结婚爆出小三或是戴了绿帽子这类娱乐圈八卦，我对男明星去世这件事颇为关心，对我来说，死因显得尤为关键。

抑郁症，因为物质生活富足带来的精神疾病早已不是新鲜概念，现实生活和精神世界的极大反差让大多数高智商人群找不到存在感。

“是啊，刚出门的时候看到了朋友圈里都在转的，还很年轻啊。”老客平头王说。光听名字就知道，这是一位留着平头的王先生。

“说是患病很久了，之前好过一点儿，后来又恶化了。”接话的人我们叫他 PP，因为图片制作软件 Photoshop 和视频剪辑软件 Premiere 用得特别溜。

“你说这些明星怎么也会有抑郁症啊，他们生活已经比我们好上不知道几百倍了。”机车男客埋头做苦思状，像是默哀。这种状态有点儿像是，明明知道有谁死了就一定不能笑出声来，要不显得很没礼貌。然而，他的回应已经冒犯了我，我很想让他立刻滚出书房。

我曾是一个抑郁症患者，与之进行过艰苦卓绝的抗争，深知患者苦衷。毕竟，光从外表是看不出任何病征的，也因此在前期极易被贴上各种标签。

“你就是想太多！”

“哎哟，我当什么事呢，这些鸡毛蒜皮也能让你崩溃？”

“没事的，出去玩几天吧！”

“你有什么理由得抑郁症啊？生活都那么富足了！”

没有任何关于抑郁症的科普被纳入到我们的必修教育体系中，所以人们会倾向于用已知的经验去做联想和判断：把听来的抑郁症的表现（情绪低落、失眠、不愿意社交等），和由于性格内向、脆弱、想太多导致的负面情绪联系起来，甚至画上等号。

如果你不是那个患病的人，当然无法理解这些算不上恶意，甚至还可能是关心的语句能有多么伤人。抑郁症不是感冒咳嗽，能通过声音提醒人们关爱病人；它无声无息，甚至被人调侃为富贵病。

“新闻上怎么说？是自杀的吗？”我没有发作，代之以发问求解。大家都说，自从我主理了这间深夜书房，心性和善了不少，懂得了控制情绪。但我觉得很多时候这种改进也算不上什么好事儿，人无癖不可交，十全十美就像一块肥腻的猪肉，一口下去毫无嚼头。

“你这个人，说的什么风凉话，大多数挺不过去的人都是因为社会的不理解，你们，全都是杀手！”一直在吧台最里侧安静看书的女客人突然站起来，走到老客们的面前大声指责，我根本来不及制止。

那天书房里所剩客人不多，事后回想起来，很有可能都被冻着了，因为本来要出去对客人表示慰问和进行关照的我失职了。也因此，女客人的一声叱责聚集起了所有目光，大伙儿纷纷朝吧台边观望，似乎要观看一场即将打起来的文战。

“不要激动不要激动。”PP 大有劝架的派头，第一个跳到了两人中间。

“这里是书房，说话声音小点儿。”机车男眉头一挑，话里有话。

“我怕说太轻，你听不到啊。”女客人不依不饶，进一步反击。

照我看，都是性格激烈的人，这会儿是杠上了。

“你一个姑娘家，大半夜的，赶紧回家吧。”PP一看形势不对，调换了劝架方向，想从女客人那里平息嘴仗。

“我有抑郁症，晚上睡不着，就来书房看书。”女客人落落大方，向后走了几步路，取过正在看的书，将封面朝向我们。我认识这本书，卡伦·霍妮的《我们内心的冲突》。书不厚，简洁的白色封面，有一道浅绿色的装饰框，曾是我用来自我疗愈的神器。

“抑郁症患者不是洪水猛兽，他们甚至比正常人更自律，就像我们会很认真地读书，用科学的方法面对自己和这个世界。”女客人不卑不亢，虽然没有声泪俱下，却让我很想上前抱抱她。因为我懂得，抑郁症患者在心里曾有过强烈的求生求好意愿，只不过在最需要帮助的时候，没有人给过他们拥抱。

机车男没有接话。PP和平头王拍了拍他的肩膀，一道回老位子坐下。

我给他们四个人都倒了一杯柠檬水，顺势走到女客人旁边，装作不经意问她：“你觉得看书有用吗？”

“治疗的基础是了解并且理解抑郁症，你们要先学会和平共处，而不是逃避它、打压它。”女客人说话轻柔缓慢，想必刚才倒豆似的噼里啪啦着实因为被伤着了。

“我是霍妮的粉丝，她的书我几乎都翻过，读着艰涩，肯定吃不消一目十行，但受益匪浅。”说来有趣，作为一个书房主理人，每天需要应对很多突如其来的状况，真正和客人聊聊读书的时间竟也有限。

“怪不得，当初这间书房之所以吸引我，除了‘不打烊’这个无人能取的得天独厚之处外，就是因为我看到了霍妮的专列，感觉在这里，自己的女神被尊崇了。”

这么说来，我们缘来已久。

“其实你挺勇敢的，敢于承认自己有抑郁症。”PP 离我们最近，凑过来说了一句。PP 是个聪明人，技术活儿一流就已经可见一斑，还会察言观色，这场嘴仗也是因为他的及时调停不至于恶化到武力。

“很多人不敢承认，是经受不住歧视。但是，抑郁症不是因为性格不好、意志薄弱，只是我们的大脑生病了，这没什么。想要让自己好起来，就别苛责自己，给自己更多宽容。”女客人心平气和。

啪啪啪，有人鼓掌。循声，再慢动作侧过身去，鼓掌的人是机车男。

“我很敬佩你，能够直面自己。”机车男说，“我们确实对抑郁症认识不够，甚至认为这是不是一种‘富贵病’，因为有钱有闲导致思考过度后才会得这种病。”

“也请原谅我的冒犯，无知者无罪。”机车男继续说。

机车男的豁达也让我心生好感。

“你说，我们是不是可以搞一个抑郁症科普什么的？咱们也算是社会精英人士吧，都有这个盲区，更别说一般社会大众了。”话最少的平头老王突然提议。

老王是我最早认识的客人，那天他在旁边的理发店被剃了个难看的平头，不想太早回去被人笑，就来到书房，待到很晚。后来就喜欢上了这儿，陆续带来的他的朋友 PP，以及机车男。

“反正我们这些人，老是半夜混迹在这里，就从我们做起。我听人说，睡不着，除了是工作性质导致的作息规律紊乱，确实和抑郁症有很大关系。”平头老王说。

“是这个理儿。很多人最初来到咨询室，不会说‘我抑郁了’，而常常会说‘我最近晚上失眠’。”女客人一语中的。

“主理人，你是不是见过不少这样的人啊，深夜安放了他们？”PP 最会插科打诨。

躺在床上翻来覆去自然是最难熬的，但和大家一起去面对会不会不那么难受？我记录了那么多人在深夜里的故事，是不是真的关心过他们来这里的理由？很多人借着夜色隐藏自己的特殊能力，而我们，最初就是想要让深夜更加有意义。

客人们还在畅所欲言，大有把深夜书房改造成心理咨询室的架势。又迅速被人否定，他们认为，如果不是专业人士，倾听只是浪费时间。PP 还快速做着笔记，一边点头，表示对女客人的认可和赞同。

零点是这个城市最脆弱的一面，比起白天，人在深夜里的心理防线也更容易崩溃。如果非要说，我更赞同女客人说的，咨询室安放点儿不像之前做过的夜跑医护点，只要有设备就可以。心理咨询毕竟更专业，谁也无法保证能给出准确的指引，因为我们自己都是病人。

心理医生就是坐在那里听几个小时，然后给个一二三就完事的职业吗？这是我最初的质疑，我不想让这种质疑发生在我的书房里。

当夜讨论结束后，我还会常常遇见那位同为霍妮粉丝的女客人，她沉浸在自己的世界里，没人打扰，像是从来没有发生过激烈的正面交锋。黄金组合男老客这段时间来得尤为频繁，像是在商讨大计——往老位子上一坐，各来一杯清咖，饶有兴致地问起“深夜倾听”这个方案有没有实现的可能。他们不再向我讨八卦，而是向我展示一款手机程序应用。

他们是这么想的：介于抑郁症患者的普遍性和师资力量稀缺产生的需求不对等，需要一个媒介串联起有效资源。他们开发的这款 APP 首先通过免费教学和倾听服务积累粉丝，有了一定基础后迅速产生交易，根据客人的实际需要决定线上咨询还是线下咨询。而深夜书房自然就是线下咨询的首选场地，他们会和我分成。

不得不赞叹这些好使的脑子，一场激辩、一次舌战，迅速能为他们提供一个新的商机，我所有的单一线性思维在一夜之间崩塌。

这些人，是永远没机会得抑郁症的吧？我猜。

这是一个我永远到达不了的商业世界，尽管我早就习惯了周围 24 小时被充斥着的“融资”“电商”“风投”“互联网思维”——就在客人点单的时候，在我为他们收拾桌子的时候，在被询问最新最火的互联网书籍在哪个书架的时候，我知道，外面的世界正在以飞快的速度向前挺进。

也正是有这些商人的敏感，大部分普通人的痛点被精准抓住了，比如用手机支付这件事，不得不承认，我们都成了受益者。然而，也正是手机让我们不再专注，比如执拗于男朋友的不及时回复，从他的朋友圈查找蛛丝马迹，我变得非常敏感和脆弱，后来，我得病了。

呵呵，说出来，似乎又有很长一篇日记可写了。

两个多星期过去了，我还没有给三位老客回复。似乎值得一试，通过科技为小店引流，让书房良性循环。张开怀抱接受变化正是我作为一位年轻主理人该有的情怀。然而，我终究是个固执古板的人，在我心中有个角落，迟迟不肯向快速消费妥协，我怀念那个连抑郁症都没机会患上的年代。

我把客人们给我的商业计划书搁在一边，停用朋友圈，翻看一本消遣闲书。书中的古董衣店让我很是着迷，它和深夜书房一样，在一条简朴的街道上，和食物合作社、女士内衣定制店、理发店、只有五张桌子的小咖啡屋、两家百老汇流行戏剧小剧场形成了蓬勃的小世界。然而此刻，古董衣店女主人却在接受心理治疗。她说，医保不能支付这笔费用，所以每月继续拿男朋友杰夫给的支票。讽刺的是，杰夫正是所有病症的来源，女主人能够认识到：如果我和这位已婚男士断绝关系，失眠症就不会困扰我，我也就用不着接受心理治疗了。

当我专注于一本书的时候，我开始变得平和、舒缓，我觉得大多数人都应该这样。所以，我还是没有勇气让书房变成线下咨询室。

也许我丧失了成为商界女强人的机会，也许我错过了一个百万创意的可能，但也许，我正在塑造时代的经典呢？也许我已经在经历我的时代了，这需要一个未来的人，就像我现在反过头去看莎士比亚书店、查令十字街 84 号一样。

第九章

# 若你喜欢怪人，其实我很美

一杯咖啡的流速，大概就是思念的最大值

# Chapter 9

晚上来的客人可以得到额外服务——我会将他们点的食品亲自送到面前，购书也可以根据需要，包上扎实有质感的牛皮纸。

所有人都在唱衰实体书店，而我们，死乞白赖地想要用区别于网络购书一点点的不同之处，突显摸得到的温暖。

不过现实情形是，白天人流量太大，这些设想中的服务只能见缝插针，大多时候只好麻烦客人在吧台边看看书等候咖啡制作完成，或者取了叫号器先到座位上。晚上就不一样了，不仅服务生有足够时间，接受服务的客人也可以很好地静下来感受。

那是个很平常的晚上，我将客人点的香草拿铁送过去。因见客人正投入地敲打键盘，我便下意识地将咖啡摆在客人左手边。这是我的个人习惯，因为右手要用到触摸屏的鼠标，只好腾出左手来喝水。正因为此，我还特别细心地将马克杯的把手朝左放，以便客人在咖啡的帮衬下更好地工作。

“你怎么知道我是左撇子？”在我将咖啡送抵客人座位上时，他突然停下手头工作，侧头问我。

我可压根没想过左撇子这回事啊。或者说，这种天生异于常人的习惯并没有构成我工作中的特别注意事项。一般来说，天赋异禀的人更注重他人的感受，他们往往会通过自己调节物品的位置来求得最大程度上的舒适，而不是去提醒甚至指责不知情的人。

我很老实地解释了自己的行为。对方却哈哈大笑——那种很夸张的笑，却没有出声。他对我说：“我为什么要一边写字一边喝咖啡？分开来做不行吗？我还不至于忙成这样呢。”

“写完一段后停下来。”他双手移开键盘，捧着咖啡，专注地喝了一口，再问我，准确地说，只是演示给我看，意思是：这样不是更好吗？

这样不是更好吗？

可我还是觉得要真都这样的话，效率太低了。我一直是个快慢生活纠结不定者，有时候追求效率，因为只有非常努力才能看起来毫不费力。而慢生活只不过是极少数人茶余饭后的空想罢了，本来也只是喘一口气，却被大多数人奉为信条，而那些用生命鼓吹要慢下来的人，大多数过得并不好。

我会一边根据客人的需要在杯子上写下“GL”“VA”这样的代号，它们代表着大杯拿铁、超大杯美式，一边不忘告诉他们：“我喜欢的作家李宗陶出了新书，可以看一下哦。”“最近心理学类出了一大波好书。”要么，就是看似无意地撩拨：“国庆长假会不会来看书呀。”总之，我不会让气氛凝固，而我也习惯了同一时间节点里做很多件事。

当然没有人因此表扬我，但我知道，如果我做不到如此高效，一定会被客人投诉——我的咖啡怎么还没好？你自己开的书店都不知道新书到货了？这家书房太冷清了，服务生都跟机器人似的！

说不好是习惯还是喜欢。

但我也一定很享受慢下来的生活，就像那些能够在深夜来到书房里的客人，哪怕他们看起来也蛮忙的——邻座的男子把电话夹在左耳和肩膀之间，右手在纸上漫无目的地涂画；窗边的女孩罩了个大耳麦对着电脑屏幕噼里啪啦打字；还有一个边打毛线边看书的阿姨，好像是一位新客人，从没见过。不管怎么说，每个人都是一心两用的高手啊。

他们是时代的产物。

究竟是要慢还是快，是要专心致志还是努力做个多面手，已经困扰了我很久，好像是上天给人出的最大难题，到处都是正确答案。

“一心一意做一件事，对我来说不是什么优秀的品质，只不过为了解除后患，比如，不会一不小心把水洒到键盘上。”客人见我一脸严肃便调侃。

可能每一个开书店的人都有过被无限静谧里的一句尖叫给吓醒的经历，“电脑突然死机文件没保存”和“咖啡洒在键盘全机不能运作”是占据榜首的诱因。

“啊，不好意思！”左撇子话音刚落，“砰”，一杯咖啡打翻了。他和旁边的客人同时端起杯子，原因很简单：一个左手拿咖啡杯，一个用的是右手，频率一致，互相撞上。所幸旁边客人的咖啡已经喝了大半，没有晃出来；倒是左撇子的咖啡因为刚刚端上，洒出不少。

“你看，专注的人也会遇到各种状况啊！”左撇子一边擦桌椅，一边还不忘帮我减轻心理负担。看来也是极其妥当的一个人。

“如果能够一心二用，说不定我会在左顾右盼中观察到身边人的动作，嗯，就像是——”左撇子做了个翻书的动作，“翻一页书，右手往咖啡杯的地方伸过来，就像这样。”他演示着。

而我也因此发现了另一个极小的诱因：和左撇子相撞的是个没戴眼镜的高度近视！

我认得他，坐在左撇子旁边的客人，深夜书房的老客，总在晚上十点多到来，凌晨三点离去。他是一位业余插画师，每天同一个时间段里带着画稿来到书房，完成前一天制定的工作量。

但是，插画师有个习惯：一旦开始工作就摘掉眼镜。这本来也是因人而异，诡异的前提是：他明明是个度数不浅的近视眼。

那是深夜书房刚开业后的一个夜里，我为客人端去咖啡。正直着身子作画的他转过身来向我道谢，方向是对了，眼神却是散的。我太熟悉这种迷茫的眼神了，因为我就是个高度近视。那时，我很不成熟地笑了。这一笑，使得客人急忙戴上眼镜，以一种特有的正式再次向我致谢，以保证有眼神交流。

后来我才知道，插画师的近视自娘胎带来，一出生便是。只是，他也和所有新生儿一样，哪能习惯戴眼镜？就算年岁渐长、身边越来越多近视眼，他仍觉得是个负担：沉重、麻烦、难看——总之，每一个不想戴眼镜的人都有自己的理由。

但总不好因为视力而撞着人或被人撞着呀，插画师说，他的童年就在如何摆脱眼镜这件事上挣扎纠结，直到五岁那年事情出现了转机。有一天，他的母亲在整理画作时发现了一个小秘密：凡是儿子在学校戴着眼镜画出来的都不如在家允许被摘下眼镜后略带迷离的水平。当然，母亲说不清楚这其中存在什么专业性差异，就是觉得奇妙。

插画家也很快发现了这一规律，对此的总结是：近视眼摘下眼镜就可以停留在梦里，比眼神凌厉的人轻松，也让这个世界变得轻松些了。是故，画作也传承了作画人的坦诚和松弛。

那次之后，插画家和家人瞬间达成了一致：平时出门为安全起见戴上眼镜，但在做喜欢的事时，比如画画，就完全随着自己的路子和步调走。在这家人的认知里，那是一种改不掉的天赋，强行去扭，或许真的得不偿失。

是不是每一个天赋异禀的人都有过被强行扭转的童年呢?

我忽然对左撇子产生了极大的兴趣，或许他也会给我说上一个关于童年的故事。

“我是个天生的左撇子，但不能算是从一而终。”他说，“小时候有过一段被强行调教的日子，大人硬是要我用右手吃饭、写字，你知道，那是一个不容许和他人有区别的年代，巴不得每个人都是一个模子里出来的。”

这是预设的巧合吗？

而我们也知道，这个世界的大多数工具是为右撇子设计的——现代汉语不是左撇子发明并制定的，因此从左往右从上到下并不会有视觉障碍。而左手写却会把字挡住，不方便看见自己的书写。不仅如此，左撇子使用不便引起的意外还有许多。也怪不得上一代的大人，不外乎为了子女的生存便利考虑，强行成了“为你好”。

幸好，当这些曾经的小孩长成了大人，已经不再这样要求他们的小孩。

“等到高中住校，我就又立刻做回了左撇子，那是我与生俱来的习惯，只有这样才不会和这个世界产生违和感。”左撇子一边用左手在纸上涂涂画画一边说，“并且比小时候更加理性，比如我会尽可能不给别人造成麻烦，坐哪里不至于和人撞上，站哪里更方便，我都会事先侦查清楚。”

“强行扭转”的反面就是“顺其自然”吧，这是一种珍贵的品质，就好像你看到的，左撇子一边说话一边涂鸦，也不是一心一意的坚定贯彻者嘛。而我知道，这件事的核心不是要不要一心一意，而是如何达到最舒服的状态。那么，究竟是要踏着多少时速的步调才算过好这一生，也就没必要去得到确切的数字了。

乐趣多，等于限制少。

离开的时候，我提出让左撇子和插画家换个座位，如此这般，两人无论是不是同一时间端起咖啡杯都不会撞上。他们一个摘下眼镜安心作画，一个双手抱着杯子直瞪屏幕，偶尔也会接个电话，回一条信息。我们都是怪人，但是却很美。要记住，人都一样脆弱，要靠习惯施予安全感。

活着总得有点儿雕琢，却也经不起反复琢磨，再新鲜的生活也经不起天天摆弄，所以，顺其自然就好了。接受你的内心，因为它们才是你基因里的东西，与你共生。就像我会毫无目的地在原地走一条陌路，在山顶听一场倾诉，在海底看一眼尸骨，在沙发上想一夜前途。

隔着黑夜，想一夜前途

## 深夜书房

# 深夜书房

上. 书房里正在进行一场名为 Fresh 万物生长的展览

中. 还是老样子吗

下. 与其多收一位茶位费，我更愿意收获一个悲伤的故事

Get One More

左．孤单是一剂解药，你要感谢它

右．书房马上会恢复正常，写作的、等人的、讲越洋电话的……

左. 万物葱茏，是一种生命力

中. 当我站在离过去足够远的地方回望，发现从未离开过这个秘密花园

右. 怀着朴素的心愿，抵抗时光流转

Get One More

深夜
书房

Get One More

左. 坚持写作，是抵抗不耐烦

右. 欢迎造访深夜书房

上· 人们太清楚自己喜欢什么，以及在这个点儿不可以吃什么

中· 这家书房之所以与众不同，可能是因为有一个有故事的女主人

下· 这些就够了，留一点儿余地给自己，看起来体面一些

一场摆拍，悲剧演到伤心处也有导演喊“停——”的那一刻

上. 相册做成书籍，是书房的一点儿乐趣

中. 看书的时候我总在想：也许我已经在经历我的时代了

下. 清醒、体面，也许我喝咖啡的原因和别人不同

Get One More

左. 小的时候想要高大全

右. 朴素而繁华的好，却要经年累月

左. 写作和想象提示我们曾有过发光的苹果肌与不设防的笑容

中. 时髦的杂志、老派的影片，如光影常在

右. 我爱你，所以要专门送到你面前

Get One More

Get One More

左. 现在看这些书柜，就像回过头去看莎士比亚书店、查令十字街 84 号

右. 迷失在这个快得没天理的世界

总有些好看的面孔，区分人情冷暖

深夜书房

Get One More

故事的开头总是这样，适逢其会，猝不及防

夏天适合表白，
裸露出来的肌肤不会骗人

第十章

# 还没长大，我们却已经老了

读书的日子，有满满的胶原蛋白

# Chapter 10

发小琳达回国后在深夜书房拍了一部没有剧情没人导演的纪录片，直到粗剪完后才感觉放松了一些，每晚来书房陪我。她看书我做事，偶尔几句搭讪，这情形，就像是小时候等对方一起回家。

随着入夜越深，客人随之减少，需要琳达义务帮忙的时候不多，真是可惜了她的好口才和雷厉风行。她眼毒心直，对恶人恶事不留情面，那时我们常笑她：这是年轻气盛，等年纪再大些就收敛了。她断然否认：不可能，这和年纪没关系。

也是一个平常的夜晚，琳达坐在老位子上翻书，忽然就听到小孩打电话的声音。书房不大，用不着起身，循声望去就能一眼瞅中声源。看上去约 8 岁的男孩，举着电话，不停叫电话那头的人来接他。接着就是闹，把整个书房搅得不得安宁。

往往这个时候，我都会把矛头指向家长。在我的认知里，世上没有熊孩子，只有熊家长，正是家长的纵容，或者，说得更严重点儿，是无知，才导致孩子会以各种刁蛮任性无理取闹的姿态出现在公共场合而得不到制止。几个月前，书房做了一场艺术跨界装置展览，其中一个区域根据需要垂挂下来几束光纤。来书房的小孩不知情，拽着光纤打转嬉闹。我以“注意安全”为由，提醒家长看管好小孩，却遭来一句“有什么稀奇的”。

我也是从那天之后又申请调回了夜班岗位。夜晚乏味却也清静，连一个眼神后面都有无穷无尽的翻云覆雨、意味深长，而我也终于不用将体力耗在劝导上面。

那天夜晚的状况一定是个特例。书房虽然无形中担有托儿所的功能——总有家长一大清早把孩子往里面一丢，给他买好吃的喝的以及好几本书，待到傍晚再来接回家。不过，它不是留宿幼儿园啊，没有家长会把孩子一直丢到半夜。

没等我走出柜台，我们的女战士琳达已经起身。她的表情是怒不可遏的，我懂，一旦卸下主理人这张面具，我也会怒声恶斥。很多人将其归结为我们没有自己的孩子，导致对世界的评判标准只有一种。而我们对此从来都是否认，毕竟我们从小就被教育在公共场合要注意自我形象。

琳达朝男孩走了过去，在他身旁一站，眼睛死死盯着。我也跟在后面，用来平衡气场。之后几分钟的情形颇像神话剧，男孩渐渐不哭了，他看看琳达，把打电话的小手机放在了左手边；再抬头望望琳达，将面前还剩一半的曲奇罐头合上；又看看琳达，将散乱在一边不看的书整齐地摞起来，只留一本要看的摊在跟前。其实，自始至终，琳达只是站立在男孩对面，既不怒目，也不言笑。但对于小孩来说足够严肃了。这么说来，大部分治不好哭丧的熊孩子都是因为家长连假怒的勇气都没有，真是含在嘴里怕融化。

场面被控制住了，原本侧目的客人也纷纷收回了视线，重新回到自己的世界。琳达在男孩对面坐下，发问："你父母呢？为什么这么晚还不回家？"

我想过无数种可能，不外乎家中唯一的大人临时加班却经不住孩子一个人在家闹腾，或是家长因不可抗外力不得不推迟原本约定好的接娃时间，再不济就是父母吵架小孩偷跑出来——那是我小时候做过的事，只不过那个年代没有不打烊书房，甚至连百货商场都会在九点就关门，无处可走，最后都以无效溜达且乖乖回家告终。

"我出来写作文，就是太晚了，我妈居然说'你就待那儿写到天亮吧'！"男孩翻出了书下面的稿纸，厚厚一叠。

结局每次都是一千零一个以外的那个，我和琳达对视了一眼。

“那你就写嘛，哭什么！”我挺佩服琳达的，纵然心里有无数个问号，她都不会表现出多么想知道的渴求。而这往往让她更迅速接近答案。

“我觉得，作为家长，怎能放心让这么小的孩子一个人在外面呢，而且还这么晚了。”男孩看看手腕上的电子手表，我们也下意识地掏出了手机，十一点半，成年人的深夜世界才刚开始。

“你这是试探你父母呢，还是真心要写作？”琳达没笑。

男孩没答。

“能让我看看你写的是什么吗？”琳达转而问道。

男孩乖乖呈上稿纸，前一个问题自动略过。

我站在琳达身旁，弯了弯腰，在汉字和拼音的夹杂中自动进入一个夜晚银河世界。夏日的夜空、浩渺的银河、童年的玩伴，如果你看过男孩用文字营造出来的外太空，就不会对他刚才的作答感到意外。

“好了，我们一起写作文吧，我也写。”琳达既不表扬男孩写得好，也不追问稿纸背后的故事，而是起身把原座位上的物什挪到了男孩旁边。

就在这挪位的几分钟里，男孩的母亲也来到了书房，我们点点头，算是打过了招呼。男孩收拾起书本稿纸，站起身的时候遇上了正要坐过来的琳达。

“那我们明天开始一起写作文吧！”男孩对琳达眨眨眼，许下承诺，跟着母亲走出了书房。

我问琳达，为什么会对男孩的这种行为反应得如此镇定，是不是美国有很多这样的小大人，早已见怪不怪。琳达点头说没错，随着越来越多大人想做回孩童，相应的，也有很多小孩渴望成长。而大多数人在追求自由的同时还想享受被宠爱的权利，也就是最好生活在父母为其安置的别墅里却不希望家长与其共同生活。

“我蛮喜欢这个小孩的，像我当年。”琳达有点儿得意，一如她的自信。

当年的琳达是怎样的呢？

对于世上的事情什么都高兴，又什么都不平，所以觉得什么都是新鲜的，可以拿来做素材。她的作文总得高分，被拿出来朗读。但我时常不服，因为她写的不外乎校园安保室那个总是朝小孩瞪眼的大叔，隔壁小卖部那个喜欢一下子进好多箱咪咪虾条又腾不出地方卸货的老板娘，开水房那个烧了一辈子开水但能把《七侠五义》

说得很好听的老头……人小的时候总想要高大全，我一直觉得琳达的那些小人物太普通了，没有我写的壮丽山河伟大，而走过人生的这些年月才幡然醒悟：只有人才是满满的，所以能够朴素而繁华。

第二天晚上，琳达开车来接我，相约一起去书房，我上班，她赴约。九点钟赶到书房的时候，男孩已经在了。他朝琳达招招手，琳达就和我道别往指引处去了。我没见过如此娇羞的琳达，要知道，她本是一个连日常抹抹桌椅，亦可以觉得是在扫荡群魔的孩子。

我顾不上观察他们，只在十一点后走出柜台。被零食和书本堆放得杂乱无章的长条桌上，琳达正对着苹果笔记本敲敲打打，男孩坐旁边，右手执笔在稿纸上刷刷书写。

我问琳达在写什么，她说是为一个叫“伤春日记”的微信公众号做连载。

伤春代代有。70后写日记，80后写博客，90后在朋友圈记录。但这个逻辑也不完全对，就像琳达只不过是先写在word文档里，再一起粘贴到公号后台罢了，还是传统的操作。

“什么是‘伤春’？”男孩扭过头来问。终归还是小孩啊，在自以为是的知识世界里总能发现漏洞。

“伤春呢，从字面意思来讲，就是在夏天快要到来的时候感慨一下已经过去的春天，因为春天很美好；也因为春天象征一个人的青春，后来人们就用‘伤春’来形容对过去岁月的留恋。”我回答了这个问题，却觉得，说太白了后，这事变得一点儿都不美好。

“好巧啊，我写的也是‘伤春日记’。”男孩又一次亮起了他的稿纸。

“你的不是银河系故事嘛，是下一代人春天的故事啦，这叫展望，不是追忆！”我好为人师，连忙纠正，全然不顾琳达拉住我叫我先听男孩把话讲完。

“我也在为我的童年哀伤啊，所以想和最好的小伙伴去银河。”男孩说得很认真，一如他认认真真码的字，不给人任何怀疑的可能。我开始和昨晚男孩母亲说过的联系起来，虽然只言片语，但那个“不合群”让我印象很深。

还没长大，就已经老了，说的就是我们这类人吧。

两个约好要放弃人类前往银河的小孩，就是三十多年前那两个躲进小公园里发誓要写下全天下最好看作文的女孩。前几天和琳达再去小公园时，孩提时代的花草树木都以自己的方式默默生长，或许当年埋下的作文纸真的成了养分之一。而当我们站在离过去足够远的地方回望，发现从未离开过这个秘密花园。

我尝试和男孩好好聊聊，试图从外因来解释这种早熟，进而了解究竟是什么让他以如此之快的速度丢掉了童年。被琳达拒绝了，她说，只要陪着他做想做的事就好了，那才能有效地保护他旺盛的生命力。

或许这也是琳达成了导演和创作者，而我，已经离开文字很久的原因。男孩也会长大，会倒向世俗的一面，这本不是坏事，就像我们早就原谅了他在书房哭闹着求得关注。

回美国前的两周，琳达与我同进同出。我们会在来路上大肆批判某一本刚出的新书，在回去的路上对刚刚“审阅”过的男孩的作文加以赏析，那些属于年轻人才有的无边想象让我们非常着迷，而对青春的不可追确也给到了琳达新的灵感。琳达的《伤春日记》我从没看过，因为敢说自己老了，是因为觉得自己还很年轻吧?

时光流逝，并未消失，在两代之间延续，最美的事莫过于美有美的后代，而我们不知不觉已经成了上一代。很久没有见到男孩了，可能是换到另一个居所写作，也可能是调整了写作的状态，无论如何，若我某天在订货时看到一部银河日记的畅销小说，或是“伤春日记”的随笔散文集，都不会觉得奇怪。我会说，对青春的追寻，不管你自己处在什么状态，文学都可以呈现，而我们，也始终没有消停。

数字、技术和深夜书房保持开放连接

# 深夜书房

# 深夜书房

## 第十一章

### 希望每次相遇，都能化为永恒

秋天要挽手约会，冬天想厮守到老

# Chapter 11

很长一段时间里，我都不知道书房附近合适靠谱的停车位。在我古老的意识中，人们从家中走出，踱着最慢的步子，吃一碗拌面，捡起一片落叶，路过一家书房，走进去。根深蒂固的是，泡书房是一种状态，而不是一个动作，那些开着车从很远地方赶来的，只能说是来参观景点，把书房当作拍照发朋友圈的背景。

和琳达同进同出有一段时日了，大致摸清楚了书房附近的停车门道——书房正门口没有划线，铁定要被抄牌；青年路后半段是收费车位，数量不多无论早晚都很俏；保险一点儿可以停附近的商场，走路需要十分钟；少有人知道的是，书房后面留有少量私人车位，极其狭窄隐蔽，尽管免费，但只有车技绝佳且常年在附近的人才能得此殊荣。

琳达走后，秋天就跟着来了，暄气初消，我改回步行。桂花皎洁，也未陷入凛烈萧瑟状态，最值得赏乐。

夜里一点钟，书房一位老客收拾完桌面，正欲离去。身材颀长，妆容无瑕，和大多数棉麻系的书房来客不同，女子基本都以正装示人，一字裙、小洋装、铅笔裤，幻化出亦舒笔下的女子，永远精致。只是，这些装束怎么看都无法全身心放松下来读书，更别说那些读书人自以为是的癖好，比如瘫着、躺着。

女子很客气，每次都要将桌面收拾整洁才离去。我则会顺势盯着她毫无褶皱的衣裙看很久，还是无法将其与书房气质匹配。作为一个公共场所，我始终想不明白应该主观吸纳相同气息的人还是开放性地多元包容。

秋天的夜晚凉而凛冽，繁霜洒在人行道上，一地洁白，客人要披一件外套才能出去。女子没有，她踩着高跟鞋，挎着小皮包，缓缓离去。

过了没多久——如果非要衡量的话，是我刚做完一杯杏仁拿铁的工夫——她又一次来到了书房，径直走到了我面前。

“我的车被挡住了，开不出来。您这里遇到过类似的状况吗？是怎么解决的？”女子不疾不徐，不仅提出问题，也有解决方案，我赞叹她的好修养。

我问她的停车位置，果不其然，作为一名老客，她将车停在了后院的私人车位。

“或者，是否有保安、管理员之类的联系方式，可以就近帮着解决。”相比遇到麻烦事儿，女子更像一位危机调解员，已然给出了备选方案。她继续建议：“要再不行，就打 110，直接挪车。”

我把手头工作交由搭班的小伙伴，脱下围裙，带上手机和手电筒，与女子一同出去。我既不是保安，也不是拖车专家，想去现场只是出于本能。

现场就是这样，如女子所言，她先来，车在里面，没承想后来者径直将车跟了过来。这种情况下，后来者多数会在雨刮器上夹一张联系电话卡，然而这次没有。

“还真是一模一样的车呢！”我像个侦探似的，举着电筒，在两辆车周围转悠，更多的是想通过车窗找到蛛丝马迹，比如故意放在车窗台前的名片，夹在暗处的联络方式。不过，看起来，我只发现了两辆车具有相同的外观。许是车主亦没料到里面的车不是此处住户的，或者，第二天一早就要离开使得他自信不会出什么问题。

“哟，还真是。”女子也被我打的这束手电筒光打了个激灵，发现挡住去路的车竟然居然和自己的车是同色系同款。

“我说呢，这两辆车终于碰到一起了。”一个声音由远及近。循声望去，一个老头儿扇着报纸向巷子深处走来。

老头儿穿大裤衩，仍是一副炎夏夜里的装束，手上的报纸也可以看作是蒲扇，听他那语气，充满了得意，像是期待已久。

“我早就发现这里停着两辆一模一样的车，只不过这辆——”老头儿指指外面的，“大多时候停在另一侧，姑娘你的，我看倒是一直停这里。”

老头儿是这条种满梧桐树的老路上的老居民，年轻时在拐角眼镜店做验光师，退休后闲不下来，跑去社区义务帮工，比如每天为阅报栏更新报纸什么的。这个呈直角的阅报栏恐怕是这个城市所剩不多的老东西了。

我和老头儿真正打照面是去年除夕，当街边小店陆续关门奔去吃年夜饭，只有我们一家书房照样不打烊，我听到他在黑夜里对着阅报栏大声朗读主流报纸上的新闻。那一刻，我至今记忆犹新，因为，我听到梦想破碎的声音。

“开这辆车的是个年轻男人，你等等，我翻电话给你。”老头儿一声话语，将我打回现实，他就像个魔术师，铺垫了那么多，变出了想看的戏法。

只见他从口袋里掏出一个智能型大手机，手指利索地滑动屏幕。

“哦，是这个。”老头儿在通讯录里翻了一会儿，自言自语，继而拨通了电话。

“喂，小何啊，我是拉面店大爷呀，跟你说，你的车，把人家姑娘的车挡住了。你在哪儿呢？方便过来挪个车不？”大爷摇身一变又成了拉面店的人了。我毫不吃惊这种游刃有余，这条路上藏着太多稀奇古怪又身经百战的人。

“在一次吃拉面的时候认识的。”老头儿绝对是个周到人，放下电话就为刚才那通电话里的不明确之处做解释。

“那次，小伙子把车停在拉面店门口就上来吃面。正好我也在店里和老板聊天，看到后赶紧提醒他会抄牌。但你也知道，这里哪能说挪就挪呀！怎么着，我反正也没事，就到驾驶位上坐着，等他吃完面再来换班。”

老头儿说的拉面店就在书房斜对面，年数比我们久，老板也是个性情中人，逢年过节都要在门上张贴一张傲娇的停业通告，放假日子要比法定假期多出一倍。他常会来买外带咖啡，我也偶尔会去吃面。

“我们就这样互相留了个电话，小伙子来吃面的时候也会给我捎上一瓶酒。人老了，看看报纸喝喝酒什么的，最乐惠了。”老头边说边看手机，“差不多了，小何说十分钟之内肯定到。”

秋夜的风是那种越吹越冷的，户外待得越久越不能适应。老头儿指着我和女子说：“女孩子家的，去屋里，我在这儿等小何，他来了我叫你们。”

老头儿面前，我们唯命是从。

绕回书房，还没坐定，老头儿就领着一个瘦高青年走了进来。青年一进门就连连道歉，说自己本来也是再过半小时就要走的，真是没想到这么晚了还有里面的车会出来。倒是把我笑岔了，我穿上围裙，并示意他转过头，被堵车的人不是我，而是旁边的女子。

大伙儿都笑了。

小伙子长相俊俏，扮相休闲，放在书房没准儿就是一枚金字招牌，引来无数“求搭讪”“求合影”。在我印象中，从没见过他。

他环顾四周，突然发言：“吃了那么多碗拉面，居然没注意过这家书房。”

这下老头儿也惊到了："你不是一直把车停这附近的吗？我都早就注意到你们两个常客的车一模一样了。"

"是啊，但我一般就往路的那半段去了。少走几步路，错失了这么个好地方。"小伙子满是惋惜。

"好了啦，现在赶紧去挪车，我们客人等好久啦。现在知道书房也不算不迟，明天就可以来了。"看这架势，在坐下来畅聊之前，我赶紧出口终止。扭头看了一眼女客人，她朝我微微鞠躬算是道谢。

有些话，总得由第三者来说，谈恋爱也是这个道理。送他们出去的时候，我想着。

我没有陪同去停车场，随后就见两辆一模一样的车先后从书房门口开过，应该是一切顺利。

老头儿也没有回书房给我抖点儿八卦，在我意料之内。因为他说过自己和书房格格不入，没有大碗茶，不能抽大烟，还禁止大声说话。我倒是有点儿期待第二天晚上，不晓得俊俏的男青年会不会真的来坐坐。

要是每天都有一个小念想，上班是不是就会更有动力呢？

睡了一觉，第二天就来了，却没能等到男青年，这多多少少让我感到失落。倒是精致的女客人一如往常，换了一身行头，紧身牛仔七分裤外搭长款薄衬衫，看上去柔和了不少。因为有了昨天挪车一事，原本纯粹的宾主关系像是往前推进了一步，就像我脱口而出的招呼语居然是“今天把车停哪里了”。

“今天走路过来的，秋天这么美。”我有点儿明白今天女客人的装束了，总是事出有因。

“那一会儿回去呢？”我问。

“叫个车吧，在杭州出行是极其方便的。”女客人说。

果真，凌晨一点多，姑娘起身，收拾完桌面，特地跑到我面前，晃了晃手机：“我的司机就要到了，先走啦。”

好巧不巧，等我再一抬头，眼前晃过一辆熟悉的车。还没去记忆深处寻找这辆车的熟悉源头，老头儿就冲了进来。

“我刚才看到小何带着你们的女客人，喏，就是昨天车被堵住的那个，开车走了唉！”老头儿一如既往的得意神情像是在揭发一个惊天秘密。

然而我对绯闻没有多少兴趣，只是老头儿的一段最新见闻解决了我心中谜团——车当然熟悉啦，差不多算是昨晚的主题了。

“这么快就好上啦？距离昨晚才 24 小时吧？”老头儿摇着报

纸，不停地当扇子使，眼神里充满不可思议。

“不见得吧，大约是我的客人叫的车正好是小何的。”我随口说。

“不会这么巧吧，这也行？”老头儿弄不明白手机叫车这件事，觉得我只不过是瞎敷衍他的。毕竟在他看来，小何又不是出租车司机。

“对了，你知道小何是做什么的吗？”我突然想问问神通广大的老头儿这个基本信息，这么晚晃荡在外头，又不能喝酒（要不然怎么开车呢），似乎充满了戏剧性。

“哦，这个问题……”老头儿捋了捋胡子，“问过他，好像多业在身，信息量太大，记不全了。”

我一点儿不急于在今晚就看到答案，只要我明天开口问女客人，就算她不说全，我也能猜到个大概。没想到的是，女客人比我更乐意揭晓答案——次日晚上九点，我居然看到她走下了小何的车。

“你说巧不巧，昨天我打优步，车主居然就是小何，就是那个堵了我车的人呢。我想着，这是给你的好素材啊。”打照面那么久，第一次看到女客人这般激动。

“我还帮你去了解了一下。”女客人乐悠悠的。是不是只要说到小道消息，任何人都可以变得八卦诙谐甚至不那么像本来的自己了呢？

“小何呢是个写程序的，手头做了好几个吃喝玩乐的 APP。做多了就按耐不住了，晚上自己出来研究杭州的夜宵，做了一份杭州夜宵地图。光是出来吃吃吃可不行呀，于是他顺便做起了优步司机，晚上接几单生意也好。”女客人将前因后果都梳理了一遍，合情合理。

“是蛮巧的，我居然就打上了他的车。”估摸着女客人自己都觉得不可思议。

“都给你做素材吧，好喜欢你写的故事。你看，我是不是可以成为书里的女主角？一个每天穿职业装来书房的女客人。在书房是另类吧？”女客人回归了她不疾不徐的慢语速，坐在了固定位置。对于自己，倒也认识得深刻。

我将她点的咖啡送到面前，瞥见老头儿在窗外向我招手。他很兴奋地要告诉我男青年的职业，末了还带上一句：“这一带老客的车牌我都记了下来，能把人和车对上号。你想听啥随时叫我，都是你的素材！”

蛛网结尘轻渺如古物，万象却急不可耐更新中。青年路自始至终都维持着这点长度和宽度，马路是老的，梧桐树是老的，老一辈住户也是经典产物，但每天上演的却是不一样的情节，因为人不同。两者相通，我才有幸得到素材，并将此编织成好听的故事。

# 深夜书房

第十二章

## 我尝过最涩的酒，是你的孤独

酒是一种反作用力，把坚硬的外壳融化

Chapter 12

这是本周第三次见到这个穿粉红色衬衫的半老头儿了，或许他还不老，只是，一眼望去头发稀疏，金丝边眼镜里面布满逃不掉的皱纹，还有下垂的眼角。他坐吧台高脚座，喝 50 盎司加了冰块的格兰菲迪 15 年，耷拉着头。抬头睁眼的时候，右手迅速拿笔在纸上刷刷写。再闭上眼睛，左手就在空中打着拍子。不用问也能猜出点儿什么，作曲家？指挥？小提琴手？总之，这位客人一定和音乐有关。

“灵感真是不分场合说来就来呢。”不知什么时候，一身黑衣的瘦高女子站在了粉衣男子旁，一手搭着吧台——这块书房里最贵的木头。女子音量很轻，至少，专注于创作的粉衣男子并没有因此停下来。但话很重，暗含一种“人还比不上一首曲子”的哀怨和无奈。当然，女子没有要他停下手势睁开眼睛的意思，她始终优雅站立，直到男子自动停下。

“啊，来很久了吗？”几分钟后，男子停下手里的事，睁开眼，看到了眼前约好的佳人，伸手端起了威士忌酒杯。我也舒了一口气，男子打节奏的手没有扇到女子。

镶凿花纹的透明玻璃杯里，琥珀色液体以极缓的速度削弱着大冰球的体积，同时让酒香在局限的容器里挥发到最佳状态。男子呷了一口，让威士忌在唇边驻留一刻，才见喉咙一动。

“书房也开始卖酒了？”出乎意料，女子开口的第一句话却是朝我说的。

我抽回原本盯着男人的目光，直视女子，试图确认她是我认识的某个老客。但我不认识她，至少我们之间未曾发酵过什么。我告诉她，其实，书房总共就一款威士忌，而且只属于这位男士。

还得说回上个周六晚。

那晚有些特别。夜里十二点，白色衬衫黑色西裤的瘦高男子推门而入，这是我第一次见他，他却像个熟客，直接在吧台位就坐。正装出现在深夜书房里的客人有限，毕竟，杭州这座城市还不见得会把人逼到回不了家的境地。也有这样的工种，多数被集中赶到偏远郊区大园区去了，技术直男们的深夜除了写程序，其余的都交付睡眠，深夜书房不是他们的菜。

男子着装整洁，衬衫领口只开了第一颗扣子，没有系领带，袖子还很平整，不是刚从酒吧撕扯出来的那一类。我也由此猜测男子定是开车前来，配套的西装，甚至领带、领结，应该就在车上。

他要了一个烟熏鸡肉火腿三明治，两块长条形的全麦面包中间夹火腿、芝士、生菜和烤南瓜，应男子要求，要多烤一会儿烤出焦香味，他就能趁热张大嘴结结实实咬下去而不去管什么吃相仪态，尽管和这一身西装总有点儿格格不入。

“刚结束演出，那些本来一起吃夜宵的朋友都急着回家了。还好，居然还被我找到了一个不打烊的地方，说真的，在杭州，难找。”男子三下两口就吃完了三明治，一个人叨叨。

他是个小提琴手，在演出周期内就会变得极其忙碌和不规律，就拿刚刚结束的为期一周的西湖水上交响乐来说，所有演奏人员都成了夜间动物，而白天也不见得空闲到可以自由支配，要开会，要总结上一场演出。更要命的是，为保持良好状态，虽是晚上八点开演，下午四点后全团人员便不再进食。“专注”所耗费的体力不亚于身体上的劳累，等到演出结束，每个人都精疲力尽，好好吃一顿算是对即将过去的一天的庆祝。

在过去的一个星期里，全团员都在固定的一家深夜食肆用餐，深夜书房筹备期的时候我也常去光顾，口味还不错。而到了最后一天，演完最后一场，人心很快就散了，吃也变得不那么重要，剩下男子一个人。他开着车，找寻尚且亮着灯火的路边铺子。

“怎么没有酒？”吃完三明治的男子问。

深夜书房在街角这个位置存在了那么多年，不少人问过这个问题，每次我都只是笑。我清楚酒品的增加能够为我带来的营收，也了解酒精会带来无法替代的欢愉，只是，我还没有做好安静阅读和烟雾缭绕混搭的准备。

而这次，当他说“要是有一口威士忌就好了”，我鬼使神差般地回应他：“可以为您破例储存。”连锁反应似的，他走了出去，又提着一个酒瓶回来。非要说，或许可以套用那句老话：世上那么多的城镇，城镇里那么多的酒馆，而他却走进了我的。

这是他放在车上的格兰菲迪 15 年，这两年流行的单一麦芽，还剩半瓶有余。

“15 年的，只能算一般，不是顶级的，所以我一直丢在车里，我会在演出完、填饱肚子、和大队人马统一回到团里再开车回到自家车库后，来上这么一点儿。”男子用手指比划了一下，“不加冰块，只喝最纯的两三口，然后，才上楼。”

“夫人不喜欢您在家里饮酒？”我问。

“我一个人住，无人束缚。”男子答。

“在车库喝酒有什么故事？”我问。

“你知道一个人生活最怕什么吗？”男子问我要了个普通的透明玻璃杯，自己倒酒。

“孤单啊。”我脱口而出。孤单，是生命中的永恒命题。

“不对。孤单是一剂解药，大多数时候，你要感谢它，它将你和凡夫俗子区分开来。”男子流露出的陶醉神情，不知是因为孤单，还是酒。

停顿了很久，见我没反应，他说出了自己的答案：“是开门的一刹那。”

男子一脸严肃。

“黑黢黢的，倍感悲凉。但是，你却不能因为这几秒钟的悲凉就去结婚生子，代价太大。”他说。

“所以，用酒精来掩饰？”我对于这种行为并不感到陌生，结婚的人各有各的理由，单身的人都是一样的。可以承受孤单，却无法忍受琐碎。哪怕是麻痹，也好过冲动。

酒精能够带来无法替代的快乐，有了它，似乎觉得不需要任何人陪。

回想起来，应该就是这样一种逻辑让我破例为客人存酒，就像面试的时候面对无数优秀人才，你却只被一位打动，并无理由。

距离下一轮集中演出有两周休息时间，男子不打算打乱已有的作息，更何况，他认可了深夜书房，这里能够安放不肯入睡的躯体和随时迸发的灵感。

今晚是他第三次来，作为报答，他会在这里用餐，而我也学会了如何凿一块好看的圆球冰块。相比之前因为仓促而不得不凑合用的小碎冰，大体积冰块充分占据杯中空间，减缓了溶解速度，拉长了有效冰镇时间，同时又让一杯普通威士忌变得具有颜值担当。

“那您是要来一杯同样的威士忌吗？”我问女子，她已经抬起了腿，坐上了高脚椅子，和男子并排。

她点点头，称赞圆球冰块的晶莹剔透，继而为之惋惜——在文绉绉的深夜书房里，它的亮相机会太少了。

然而当日的最高颜值依然是人啊，粉色衬衫的男子和一身黑衣的女子，占据了深夜书房的所有聚焦点。他们靠着高脚椅后背，一只脚踮地，一手轻握威士忌酒杯，身体微微侧着。因为球状冰块融化得慢，向嘴里送去琼浆的时候也不会出现冰块掉在鼻子上的尴尬。

“还是老样子？”

“上午咖啡，下午换茶，晚上喝酒。”

“最近没演出？”

“再过一周，到时候省去喝茶环节。”

“有合适的交往对象吗？”

“一个人住。”

沉默。听得到冰块撞到玻璃杯内壁。

“还是老样子？”

“上午给老公女儿做早餐，晚上一起吃晚饭。”

“最近不回美国？”

“再过一周，到时候就要做一日三餐。”

成年人的对话短而精炼，他们透露给彼此最庸常的生活一角，旁观者甚至不需要抬头看双方眼神便能轻易分辨出个中瓜葛。书房的静，将“无话可说”拉得格外长，他们只能喝酒。

成年人和小孩最大的区别就是懂得用外壳保护自己，让伤害都打在坚硬的外壳上而不伤害到自己，学会把情绪隐藏在壳里。而酒就是一种反作用力，能把这些坚硬的外壳融化，我们像蜗牛从壳里钻出来，伸出自己柔软的触角抚摸对方。酒能让我们去拥抱的时候，接触到是对方赤诚的灵魂，而赤诚的底色是没有约束。

太过了解的两个人不欢而散，面红耳赤不知是酒精缘故还是不动声色的撕心对决，起身离开的时候，男子甩下一句：酒放这儿，你喝。在你回美国前，我不会来了。

外面是前所未有的瓢泼大雨，这种用大麦、黑麦和玉米等谷物为原料蒸馏出来的酒居然能在人的情绪坎坷间扮演着如此重要的作用。

说到做到，好不容易出现在深夜书房的笔挺男子晃了一眼又以极快的速度消失了，原因是“怪癖”，女子说的。没错，女子连着好几天都来了，她的理由是：专程来消化这瓶威士忌，可不能白白浪费了。

一视同仁，我用刚学会的技能凿出了一块圆球冰块，再把酒淋在表面。女子喝着男人留下来的酒，恶狠狠地说：他是个不能结婚的男人。

爱她却不娶她。所有的怨怼都源于此。

可是，你总要明白，这样的男人有很多，并且呈几何上升。他们往往正值黄金年龄，自身条件优越，具有大多数女人需要的物质储备，又不缺乏风流倜傥浪漫幽默，就如范柳原说过的“我爱玩，我有这个钱，有这个时间”。他们满足于现状，暧昧的男女朋友关系让他们觉得放心，可控制。再说下去，就是男人最需要的自由——“不想被婚姻拴住”几乎是放之四海而皆准的人生借口。

我也曾被男子吸引。

“前两天那个穿白衬衫的男的你见到没，他刚给我发信息了。”

“他不会是对谁都这样吧？”

“不是吧，我翻了一遍他的朋友圈，清一色都在转发他们交响乐团，很少提个人的，很酷耶。”

吧台另一侧的两个姑娘正埋头聊着，而我们听得一清二楚。

女子让我把剩下的酒都倒给她，宁可承受次日的头痛欲裂和日益消损的身体。酒精带来的游离是对当下最好的安慰。或许还能夹带一点点在生活废墟里扒出来的灵感之光。

再见到男子是在三周以后，结束了又一轮的演出，女人早在两周前喝完了酒回了美国。

他推门而入的时候，依然吸引了不少人的注目，我似乎听到了姑娘们的窃窃私语。他要一瓶巴黎水，而我诧异：不来点儿酒?

“难不成她没喝光？”男子和我一样诧异。

明明只隔了两周，却像过了一生一世，明明对前尘往事记忆犹新，听上去却是如鲠在喉。

我告诉他，要喝也可以，因为女子为他留了一瓶酒。

他笑笑，旁边的位置已经有不认识的姑娘坐着了。他没有搭理人家，戴上耳塞沉浸在音乐中，摇头、打节拍、记下灵感，这是他的必修课。如果他愿意，停下来后会说些什么。

已经很久没有固定女伴，女人对他来说太喧哗，能让他产生依赖的只剩下深夜和威士忌。那些自投怀抱的姑娘们只能给他带来好感，很难是爱。

他睁开眼睛进入凡人的深夜世界时，对他仰视的姑娘们早就离去了，而他似乎只要记下那些音符就可以了。他创作出的东西，不是为了让灵魂安逸，而是为了让灵魂有能力继续战斗，继续承受痛苦。

她们都不在了，曾经如此热爱、炙爱、深爱的她们，都化成了威士忌，成为一枚信号，来而有往，馈赠岁月。

我让男子将酒带回去，按照他的旧有生活习惯，到家后，进门前，让不夹杂冰块的纯净酒精为一天最后的几个小时注入浓烈和深沉。而我，也不会继续售卖威士忌。

深夜书房

第十三章

# 天天给彼此点赞，却约不到一张正脸

和解，是一生的工作

Chapter 13

女闺蜜是一种古老的生物，她们是横行在这个世界上最为人瞩目的一个人群。你可以在世界尽头看到结伴而行的闺蜜组合，在暗暗星光下看到用酒和宽厚肩膀彼此慰藉的闺蜜党们。你很少在公共场合看到男生们表现得这般亲密，却永远不会觉得形影不离的女闺蜜们有什么问题。

在靠近吧台的长条桌子上，这个城市的一伙老闺蜜们坐在一起。

驼色大衣里面衬米色棉布连衣裙的女子叫小暖，因为夜深，她用一副透明大框眼镜替代平时的隐形眼镜。摘下深咖呢子小巧礼帽，长发随手挽成一个髻。

黑色斗笠式风衣配黑色长靴的姑娘是小妞，她还有一条黑色羊毛围巾，在刚进门的时候就解了下来搁在臂弯里。长发中分，把脸型修饰得长削，自始至终没有盘起。

墨绿色羊绒短外套下格子毛呢短裤搭黑色长袜的是菁菁，尽管是夜里，发型依然保持精致，空气刘海丝毫没有变形，就像是刚刚打理过。

她们是好看的姑娘，在深夜来到书房。找一个地方，放下围巾、帽子、包包，再抽出本来塞在桌子底下的沙发和椅子落座，不说一句话。也不需要说话，像我这样光是站着就感觉到这些姑娘身上带着一股没有被社会裹挟的仙气儿。说皮肤的水灵，比不上大学毕业生，但相貌和举止却因为阅历的日渐丰厚传递出对这个世界的接纳。脸上不见浓妆，心有固定口味，菁菁作为代表在吧台点咖啡的时候，没有扑闪着大眼睛非要我的建议。她们太清楚自己喜欢什么，以及在这个时间不可以吃什么。

胶原蛋白不是人与人之间的差距，差距是我们深存于皮囊下的思想。这是书房最喜欢的客群。

但这次，三个面色凝重的人显然不是来谈天说心事的。

小妞先开口：“我觉得，你们是早就商量好的，然后告诉我一个结果。”可能因为一身黑色装束的缘故，站在一道之隔的吧台里，我也能感受到她的黑脸。

小暖和菁菁没有抢着辩白急着回复，也不面面相觑使眼色做小动作，她们很默契地保持沉默，只等着小妞把话说完。

“既然到了芬兰总要去圣诞老人冰屋，我不明白你们不去的理由。”小妞继续说。语调平缓，没有起伏，是在做不露声色的抗议。

看来是旅途设计中出现了一点儿意外。

我所知道的是，以小暖、小妞和菁菁为首的一帮老闺蜜们今年要去北欧过年，第一次“常委会”就是一个月前在深夜书房召开的。

现代人要约一次线下见面该有多难啊，本来是去桂花树下喝茶的，等到大家时间都可以了，已是第二年桃花盛开；商量着要去周边自驾游，结果成了两个人坐高铁去睡了一觉。天天给彼此点赞，却约不到一张正脸。这都是老闺蜜们说给我听的，怪交通成本，怪生活压力，怪人心浮躁，所以干脆一狠心，直接去北欧聚会，一上飞机，什么临时的、意外的情况都不存在。

当然，在这之前，还得抵抗一些阵痛，比如，怎么都凑不好的线下碰头会。幸好 24 小时里还有深夜这一板块，不堵车不开会不社交，将构成冲突的外力全部抵消。

那是闺蜜们第一次来深夜书房，她们兴致勃勃地告诉我，今年冬天，要去世界尽头过年。去的日子是过年前十天，返程是年后十天，有意回避掉难挨的“年终表演”。然而，冬天的北欧自由行绝不同于台湾环岛或是东南亚度假，寒冻会导致电池用光不能导航、冰雪无边际开车更加费劲等诸多想得到或无法预料的额外问题，因此老闺蜜们打算扩充队伍互帮互助，按照一辆车装五个人的配置，她们想把人数定在十位，其中必须要有男生。

在此之前，这已经是一支闪闪发光的闺蜜队伍，以小暖、小妞和菁菁为首。“网红”二字过于流行和大众化，那就这么说吧，几个人在微博发出要去北欧的信息后，跟帖者众多，纷纷问是不是还可以加人。毕竟，在大多数深陷写字楼的上班族看来，老闺蜜们的活色生香提前完成了他们的心愿，为原本以为就这样了的平淡生活增加了丰富起来的可能性。

“抱团取暖”的帖子发出，应征者众多。老闺蜜们光是前期筛选就花了一段时间。本来我也是其中之一，要不是过年还要守着书房，也想跟她们去冷酷仙境。

在招募帖中，会开车、说英文是评判的硬性准则，也是必备技能。有人说老闺蜜们把旅程整得太过功利，好像出门是技能分享而不是愉悦身心。但在老闺蜜们看来，人生地不熟的异国冬日，

“人人都献出一点爱”肯定要比伸手获得温暖踏实——你总不好意思一直接受他人为你服务吧？你总不至于在遇到突发情况时只哭鼻子而不动脑子吧？

能干的人才能被录用，但大多数标准是抽象的，比如“口味”“感觉”“负责程度”“精力储备”“知识结构”等。

“严格按照行程走的人一旦遇到突发情况就会觉得浑身难受，而我们崇尚的是，任何意外都是旅途中的一部分。”小暖跟我这样说过，“这对矛盾无法调和，唯有让同类人一起外出。”

能在网络上得到众多粉丝响应，必然有除了外貌之外不可替代的气场、人格、眼光。

也因此，外出旅行玩耍的难度越来越大，不亚于婚姻市场上对上眼。

为了对自己和同去旅行的人负责，老闺蜜们煞有介事地举行了一场面试，将面相也纳入了“考核体系”。

而那次面试，像极了粉丝见面会，书房也为此热闹了一阵儿。

早几天就有人在社交媒体上问偶像的书有没有卖光，当天粉丝们早早前来占座，待到老闺蜜们到店、落座点好了饮品，我甚至做好了粉丝们购买马克杯的准备——那是偶像喝过的水杯。奇怪的是，这样的追星倒是一点儿都不会让人反感，粉丝们有理有节，或看过她们的书，或了解过她们的经历，视她们为人生指引而非盲目崇拜。

“面试”从晚上九点持续到了次日凌晨，看上去，这些平民红人真的非常实在，对于签名、合影之类的请求不会拒绝，也因此拉长了整体节奏。

不把自己当名人，是老闺蜜们的迷人之处。

只是现在，光芒万丈的老闺蜜们内部出现了一点儿状况。

我听了个大概，意思是，小妞本着“好不容易来一趟”的初衷想去更远一点儿的圣诞老人村，小暖计算过行程后觉得赶过去太折腾，打算放弃。本来计划着大伙儿就此讨论一番，却被小妞无意看到小暖和菁菁的聊天，断章取义地认为被孤立了。

而我是了解的，老闺蜜们哪能这么容易就小心眼儿。

“这几个姑娘是要打架了吗？气压这么低？”每次都习惯了和我打声招呼说再见的客人把喝光的外带纸杯丢进垃圾桶，又凑到我面前轻声问了句。而我宁可认为，看似严峻的局面未尝不是好事，或许矛盾正得益于这种开诚布公而得以及时解决。

果不其然，等我走出吧台为老闺蜜们倒柠檬水时，三个人的脸上分明都已经舒展开来。

“刚才真替你们捏了把汗呢！”我不知道说什么，好像这样一来显得不只是简单地为她们倒点儿水。

“不用担心啦，总会有不同问题冒出来的，不是现在，就会是过几天。”小妞脱掉了黑色风衣，露出白色线衫，整个人都舒缓不少。

“就算不是过几天，也会在旅途中出现问题，有分歧很正常啦。成年人，考验的是解决问题的能力。”小暖接过话题。

“还有，你在休假，这边的客户好像说好了似的，集中向你‘骚扰’，你很想狠心关掉手机，但是，转念还是将他们服务得妥妥帖帖。”菁菁是个自由职业者，客户就是她的金主，一个都得罪不了。

我欣赏这种态度。

这世上，没有一个人是不用和社会发生关系而生活在真空无菌状态中的。甚至，越是高智识人群越是不舍得浪费时间，每个人都不得不面对多线性工作。

几天后的一个深夜，小暖独自一人来深夜书房，打开电脑处理订单，看上去都是白天来不及应付的工作。我请她喝了一杯刚刚上市的桂花拿铁，用来延续已经飘零的满城桂花。

“招好人了吗？”我随口一问。

“嗯，招了一个心态很好的姑娘。”小暖铺开北欧行的地图，边画计划边回答我。

“心态好这件事你怎么看得出来？”我来了兴趣，或许得到技巧后我也能用来招到合意的伙伴。

而答案看起来好像不具有参考性。那天，小暖翻到了同行者的一篇微信文。

离开高雄返回台北，收到了旅行管家的短信：“您的航班已经取消。”这是非滞留机场的无限期延误。我们立即购买了其他航空公司次日晚上六点的机票，听起来只比原先航班晚了六个小时而已——我一早打电话取消了原本预约好的牙医。

多出来的半天被困酒店，台风天，街上空无一人，公共场所全部关门，刚刚放完台风假和中秋假的台湾人民继续享受台风假。酒店允许延长退房时间，中午十二点，我喝光了剩下的红酒，推着箱子走出房门。不需要为此懊恼，任何地方都是我可以暂留的，一台笔记本电脑和一根充电器就可以让时间飞速而过。

“有什么特别吗？”我问小暖。

“碰到这样的情况，大多数人都会抱怨吧？但在她身上倒是透露出了一种笃定。这世上，没有那么多等着你此刻非做不可的事，你也没那么要紧。”小暖闻闻桂花拿铁，好像沁到了她心脾。

我突然想起有礼物要送给老闺蜜们。今天下午，《北欧，冰与火的寻真之旅》又到货了。这是今年很红的一本书，作者迈克尔·布斯用 394 页诚恳地讲述了一个远比想象更为接近真实的北欧。我第一次看书的时候，带着对北欧这片土地稀少的认知和向往，却又受益匪浅，毕竟作者自始至终都不是在堆砌辞藻描写风景。所以我觉得，送给即将去北欧的老闺蜜们，以后可以有幸听到身临其境后的对比和感知。

“Slap af（放松）。”

“Rolig nu（放宽心）。”

“Deter lige meget（其实没关系的）。”

小暖翻到最精华的一页，按照上面的单词念了一遍，对我也是对她自己，然后离开了书房。

几个月后，我收到了老闺蜜们发来的电子邮件。

旅行从来不是治愈系，人在外面，更多的是疲惫和不测，还有更多的出乎常规。一瓶红酒本可以喝三个晚上，而第三天就要离开，喝不掉，我会为这最后的几口感到可惜。路上不会有太多奇迹，所有人都在祝愿我看到北极光，但是看到了又怎么样呢，我会更加孤独；而出去一次也不会让我的精神压力迅速缓解，我甚至会因为嫉妒邻座的恩爱而再度歇斯底里。

那还是要出去，单纯地看看陌生的世界、听听不一样的语言，哪怕只是喝几口贵得要死但一定味美的咖啡、啤酒，然后和认识了二十几年的老闺蜜因为不同意见吵几句嘴。

但总是有意思的生活。

说到这里，我们马上就要转机了，这次的起飞应该是顺畅的，没有延误，也没有变动，哥本哈根的天空甚至出现了夕阳金光，我们朝着极夜的冰岛飞去。老闺蜜团有了新人的注入，带来了世界尽头与冷酷仙境的音乐，我们几个人里都没有从事这方面的呢。

我们回头说。

真好啊，不为得到某个答案的出行，从头到尾都没有夸大意义的旅程，才是把生活过好了的底色。进入三十岁，越来越明白，只靠肉身无法抓取大自然的鬼斧神工，对美的事物要会欣赏也懂得告别。等我招到合心合意的深夜伙伴，我也要出离几天，用不了走很远，只不过换个地方过几天。也许，不用等到合适伙伴的出现，而我也未必挨到过年，只要心一横，贴出告示：

主理人和她的闺蜜出走了。

深夜书房

第十四章

# 当你需要一本好书时，我会拼了命努力

有才华的人，和拼命努力的人，真是世界上最开心的两种人

# Chapter 14

最近生意都不太好，可能是连着的中秋节、国庆节，打乱了都市人本已经习惯了的生活节奏。工作日开始才没几天，大多数人还都处在适应期，对于社交和夜生活暂时没有时间和心力去渴求，更别说晚间读一本书，能在书房逮到的零星几位客人都在打哈欠。

刚过零点，书房闯进一位年轻男子，和先找位子坐下的大多数客人不同，他直奔书柜。从最外面显眼处的“本月五折畅销书”到埋在最里头角落里的冷门古籍，一一细心打量和审视。有些书是侧列的，只露出书脊；有些书是展示的，封面朝顾客。男人拍了几张照片——看他举手机的手势，既不点屏幕中间聚焦也不用双手把持防抖，应该只是在记录而不是艺术创作。

年轻男人瘦高白净，光看外表容易将其与弱不禁风的文弱书生画上等号。只是你没看到他的那种干劲——虽然一直在书架前观察书本，却也透露出一股生龙活虎。

半个多小时过去了，男人已经从外到里，又从里到外，细细观察了一轮，我正想着他是不是该坐下来歇歇时，他掏出随身带的小本子，用插在本子上的笔开始做记录。

我端着柠檬水的手又缩了回去，只好在不远处静静看着他，以便全方位猜测此人的身份，以及即将在书房里发酵出来的故事。

他埋头记得很认真，还得匀出手拨弄一下书本，翻到扉页或是底页，按照常理解释，十有八九是在摘抄出版社、图书公司和出版人的信息。如果是这样，那他就是一位出版人，或者图书销售，总之，和书有关；当然，也有可能是新兴电子阅读方面的人，趁着深夜来调查实体书的经营状况。这样说来，也没有逃出“阅读”这个大方向，他手中的这本有着鲜艳的嫩黄色封面的小本子里一定堆满了这个行业的秘密和技巧，说不定本身就是出版业的好素材。

我已经把整个因果关系在脑海里串联并演绎了一遍，自认为很有逻辑。这样一来，反倒不急着由他给出答案了。好像突然充满了耐心，准备了一整个黑夜甚至更多供他尽情发挥。

这么想着，我就退回到了吧台。

“您现在空吗？方便和您聊几句吗？”在我完全没有防备的时候，男人突然出现在我面前。

“我想问下，这段时间，是不是《精神科的故事》卖得挺好的？”男人翻到笔记本的一页开始定向发问。

我记得那本书，天蓝色封面上有粉色和淡黄色的秋千，奥田英朗用几个小故事反复讲述现代人的精神问题是如何被治愈的故事。我很喜欢那本书，按照分类，我没有将其归入传统的“日本文学”中，而是摆在了“心理学”大门类里的“通俗心理学”中。因此我也可以迅速回答男子的提问，没错，可能因为题材契合热点，暖色封面又有治愈疗效，这本书确实卖得不错。

“如果这本书是和川端康成、村上春树的书放一起，被当作是一般的日本文学，你觉得会那么好卖吗？”男人显然注意到了书的不同摆放，提出了这个假设。

我说不好，只是觉得如果不把那么糖果色的封面面朝读者，效果一定会大减。

经营深夜书房三年，在这个行业里依然是个菜鸟，就像《重版出来》里从柔道选手成为漫画编辑的黑泽心，忍不住询问资深书店店员木俣小姐：“漫画家们不都是在拼命努力画漫画吗？大家对漫画的认真应该都差不多，但能大卖和不能大卖的差距究竟在哪里？”

木俣小姐的回答是：“从我开始卖书起，我就一直在想却没想明白这问题。但有一点我敢说，能大卖的漫画都是被人们爱着的。”

虽然套路始终摸不透，但正是因为未知，销售这件事才显得有趣啊！

我就是这样想的。

“《正午》《短歌集》这些书的销量怎么样？”男人又把笔记本翻了一页，拿笔指着其中一点，抬头问我。

我记得这两本书，都是小开本，在没有 Kindle 的年代，我会选择这样好读、好放的小书作为旅途读物。但在图书市场里，这种开本因为要特制版样尚属于小众读物。《短歌集》的作者是钟立风，我的好朋友，我写上一本书时，他被我硬拉来写序，难免存点儿私心。

当我看到这本书时，第一个念头就是：混在常规尺寸的大部队里！当客人的手划过一样大小一样颜色的书脊，这本宝蓝色的小书立刻脱颖而出。至少人们扫一眼就会先去抽出这本不一样的书，如果内容还不错，基本就会下单了。

“你好像有自己的布书思路，而不是死板地追求‘整齐’，把一样高度一种颜色的书摆一起，到最后什么都卖不出。”男子好像看出了一点儿道道。

我不置可否，笑笑算是回应。

他合上笔记本，说下次再来。

一周过去，人们从休假的游离中走出，书房也恢复了正常，该来写作的、等人的、讲越洋电话的都回归了。我和每一个熟客打招呼，像一个游刃有余的社交女王，夜色中周旋于各色人等。很长一段时间都被他们丰富了夜生活，再也发不出“有一种不被联系的压力，安静得可怕，怀疑道路瘫痪了，手机坏掉了”的哀叹。直到有一个晚上再见到来书房的瘦高男子，距离他上回说“下次再来”已经有两个多月。

和上次一样，他也是直冲书柜而没有落座，在专门陈列“新书速递”的几个黑钢墩子前站立了很久，每本书都拿起、翻开、放下，拍几张照片便回过头去找个位置坐下，低头摆弄手机。

他很快又站起来，朝我走来，要了一杯带咸味的咖啡。

“要让人记住，就得与众不同。”男人喝了一口，看上去对这种咸味很满意。

“最近什么书卖得好？”他问我。

我说了几个书名，“新书速递”里占了大半。而说到《酒店之书》的时候，男人眼睛亮了一下。

“《酒店之书》是你做的吧？”我开门见山。

我并无确凿的依据，只是一种感觉。前两天刚到货的这本书用了全黑色封面，小开本，是一本品相很不错的书。难得的是，书的内容也很与众不同，同样是写酒店，不是一味地堆砌酒店风景、设施、历史，尽管很多高品质酒店确有其名，但总感觉是作者收了酒店好处而卖力为其吆喝似的。在《酒店之书》作者笔下，她住过的这些酒店都被赋予了一个个故事，或浪漫，或传奇，哪怕是一篇米其林大厨的访谈也生动有料。

我没有把这本书和大多数旅行酒店类图书放一起，从某种程度上说，它更像一本需要买回去的珍藏版，没有一张宣传用图的封面酷酷的，一改“攻略”气质。最巧的是，接近年底，一部分常规书继续用白色做封面，一部分像说好了似的，统一选用了红色。我问过一些编辑，他们会认为，辞旧迎新，让红色来传递丰富节日带来的喜庆。而在这样红和白的新书季中，一本全黑封面的书太容易抓眼球了。

我认为编辑在这其中起了很大的作用。

而这样会去分析市场的编辑，不就是眼前这位高瘦男子吗?

我又一次很想借他的小本本看。

“被你猜到啦? ”男子也是聪明人，要不然他会脱口而出“你怎么知道的”。

长假刚过，也就是深夜来到书店的那阵儿，男人正在为手头做的书定封面。做了几版都不满意，说不上哪里不对，就是“差了一口气”。

这种执着和纠结并不见得被所有人认可，发行、营销都会因为封面的难产而脱节，有人说他“吹毛求疵”，甚至连作者都催他“赶快出版吧”，好像在大多数人的逻辑里，七十分就够了，不功不过最保险，抢占市场最要紧。

眼看着遭受前后夹击的后生编辑不知所措，社长给了他一个电话号码。那是出版社刚刚退休的老编辑，在那个允许字句必较的年代，老编辑做过不少好书，慢工细活，不少书至今还有再版。

巧的是，这位编辑还是深夜书房的老客。我一开始曾误以为他是《编辑部的故事》里的老刘，后来发现他握笔极其特别。他会用执毛笔的手势，在一本书上一笔一画做标注。最初来到深夜书房是因为适应不了离开工作岗位的清闲而睡不着，这阵子很久没见老编辑了，怕是可以安然入睡了吧。

我也会偶尔想起。

不过，两人相约在书房讨教的那个晚上，我还在国庆休假，没能遇到老客人，也没能及时猜出年轻编辑的身份。

“什么时候还会再约上老编辑吗？”我问年轻男人。很少留下客人的联系方式，毕竟我永远在这里。我总是隐约觉得，这是我们服务行业的一种操守，或许也不对。也因此，但凡我想念某位客人，反而显得束手无策。

“没有呢，老师说，如果我的书卖得好，他自然会知道。”年轻编辑嘴里的老编辑像极了通晓前世今生的仙老头。

突然想起前几天交班的时候，听白班伙伴讲起的一个怪老头。

结书款的时候，我们善意地提醒他可以享受圣诞折扣，他却坚持正价购买。怪人天天有，我听过后也没当回事。现在想起，我和伙伴确认怪老头出现在书店的时间后，第一时间翻查了当天的售书账单，果然有一本《酒店之书》。

“我想，老师已经来过了，他也一定有了这本你制作的畅销书。”我把咖啡送给已经回到座位上的年轻编辑，并告诉他这个消息，尽管我这样子看上去一定是神叨叨的。

男人照旧没有问我“是怎么知道的”，而是翻开了那本我垂涎已久的嫩黄色封面小本本。

“那是你的锦囊吗？”我忍不住问他。心里在想的是，有一天，我要出版它，就像今年大家都在看的《如何阅读一本小说》《如何阅读一本文学书》一样，无不汇集了一代人的智慧。

“那是给老师的礼物。”年轻男人“啪”一下合上了笔记本，“我先把老师说过的记录下来，总有一天能将它们结集成书，该造福多少出版人啊。”

我有点儿吃惊，好像不相信这么年轻的男子有这番觉悟。但想想，老编辑可不是这么看待下一辈的呢，不用牵挂什么，下一代人比你跑得更快。与其质疑，不如默默支持他，哪怕只是给他提供源源不断的黄色小本本，何尝不是在完成自己的心愿呢？

有才华的人，和拼命努力的人，真是世界上最开心的两种人。真幸运，我们就是这样的人。

有些地方，用目光和心意就可以抵达

# 深夜书房

# 深夜书房

第十五章

## 坦白讲，我喜欢黑暗

我们扑灭火光，因为你想要夜更黑

# Chapter 15

过了零点，一位学生样的女客人起身走了过来。她穿粉红色卫衣，灰色阔腿运动裤，手上捧一本红色的笔记本，看样子是Moleskine 的，因为是反过来的，注意到翻开的那页纸上有几个数字标记，外头打了个圈，标记着 1234。她问我，能不能聊几句。

见我没吭声，她掏出了夹在本子里的名片，上面写着：XX 报社文化专刊部记者。她介绍了来此地的意图——夜色如迷，人们为什么稍事整饬来到书房，而不是穿着睡衣在床上四仰八叉？这种好奇心和我写的深夜故事一样，来者都是客，浮光掠影，撑起了书房所有的动人之处。

媒体对此很感兴趣。开业以来，无论是电话、邮件还是像这样的面对面采访，我已经接受过无数次，同样的问题重复十来遍已是家常便饭。想来，记者也是不易，挖空心思找亮点。文化记者着重关注在这里发生过的文艺事件，财经记者揪着房租、收益、人工成本等问题不放，副刊记者更关心我是一个怎样的主理人，居然抱有此等情怀。总之，每个口子都有专业的选材角度。

如果我没记错，这位文化记者大约晚上十点踏入店门，因为那天我的伙伴要提前两小时下班，我注意过他们是同时出入书房的。她要了一杯柠檬姜茶，继而在座位上看书，一边拼命拿笔做很多记录。也有站起身来的间隙，在书架旁溜达。现在想来，那两个小时就是她对深夜书房的观察。

我喜欢这样的记者，她们实地探访，发现真实现象，再就现象发问。而不是只打一个电话，问几个无关痛痒的问题，最后的成文多为拼凑，没有观点，还有抄袭之嫌。

我招呼女记者坐在吧台位，这样我便能兼顾经营和被采访。巧的是，当晚吧台位没人坐，那几个长期“霸占”的老友说好了似的，都没来。我得以认真地回答，也不至于让怯生生的姑娘被老友的浑不懔吓到。我准备给她重新做一杯柠檬姜茶，好正式开始采访，她摆摆手说不用了，自己点的那杯还可以再冲点儿水继续喝。

她问，我答，她记录，我再补充。问题并没有特别或者犀利之处，我将真实的情况一一道来。

冬日夜里零点后，进店的客人越来越少，本来就在的读者也早已熟悉书房的布局。

“洗手间因为先天原因设在室外”这点尽人皆知，有人曾在留言本上调侃“此地有神兽，所以无法建造洗手间”。

“热水壶就在吧台可以自助加水”这一项也不用再一对一问答。这场采访无人打扰，也终于让一直紧绷着的女记者放松下来——不再一笔一画根据笔记本上的问题提问，而是，进入了真正的采访——和采访对象平等聊天。

在柠檬姜茶的淡琥珀色被冲淡变成透明时，女记者差不多完成了任务。我送她到门口，她转过头来说：“刊登后我会把报纸给您送来，估摸着这几天会有。”

我很快忘记这件事，与其用这个看似漫不经心的“忘记”，不如说是不拘泥于是否呈现出了一整个版面或是大幅的人物专访。在我看来，采访的过程多数是愉快的，有时候是结识了一位新朋友，有时候是听说了一段传奇人生，有时候是被点到了一个新的思路。当然，也有负面的时候，比如喋喋不休，比如对牛弹琴，也因此，我那些经营酒吧、民宿的朋友会非常在意一次采访能达到的效果。毕竟，在他们看来，花掉的两个小时交谈都是成本。

距离女记者前来采访的深夜过去接近一周，负责剪报和收集媒体曝光的伙伴提醒我：这几天报纸都没翻到提到我们的文章。我想起这个坚持自己买单又做了很多功课的女记者，在这样寒冷的冬夜，很想邀请她来尝一尝新制的暖身饮品。喝着喝着，她就会慢慢进入状态，说很多话，喝完的时候，又意识到自己说多了，涨红了脸，把头深深埋了下去，很是可爱。

我会永远倾心于尚能害羞的人，相比兀自强悍落落大方，害羞成了不由自主的敬畏。对未知事物的仰视，以及总觉得自己没做好充足准备的进取心，居然成了稀有之物。上台演讲前会紧张，是出于对这次出场的重视；花两个晚上背书，尽管已是第 N 次出席访谈。我记得有篇文章里透露过莱昂纳德·科恩第一次登台唱歌时双腿在裤子里发抖，紧张地说着“我可能会因为尴尬而死”。

紧张害羞，很多时候出于认真，是一种品质。

正想着，伴随着铃铛一声响，门推开了，抬头望见背着双肩包的女客人两手拽着书包带子小碎步跑到了吧台位，朝我微微鞠了个躬。她脱下外套，露出粉红色针织衫，而在摘下毛线帽子的那一刻我认出了她——上周来采访的女记者。

“外面很冷吧，来杯暖心红茶拿铁如何？”心里想的，马上就可以付诸行动，没有比这更奇妙的了。

女记者点点头，却执意要自己付钱。一般情况下，我都会摆摆手，让客人别傻了，但这次，一时兴起，问她原因。

“很不好意思呢，上次的采访稿暂时没法发了。”女记者低下了头。

“所以你是特地来告诉我这件事的？”我把刚打完的奶泡铺在沸腾的红茶里，放下手里的活儿。我有点儿心疼这个姑娘，毕竟她大可以打个电话，甚至利用频繁活动的社交媒体，比如微博私信，或在微信公众号后台留言。

“嗯，是的，那天占用了你那么多时间，结果却因为广告商占用了版面，稿子就被搁置了。”女记者声音不大，一字一句慢慢道来，让黑夜里守着书房的我听出了一丝诚恳。

“嗯，现在广告商就是金主呢，有时候我也希望广告多一点儿，报纸就不会一个个消失掉。”我将红茶拿铁递给女记者，自己也跟着一起喝。

这是我的真心话，我是一家深夜书房的经营者，自然是传统阅读的守护者，报纸杂志始终是传统阅读的重要组成部分。这几年接连着消亡的报纸都在提示我们曾有过发光的苹果肌与不设防的笑容。

“不过我会找机会将这篇稿子刊发出去的，比如年终阅读场所盘点，呃，还有明年 4 月 23 日的阅读日。我相信，不会让你付出的劳动白费的。”女记者提出种种可能刊发稿件的可能，带着宽慰我的口吻。

我并不很在意事情的结果，比如一篇图文是否能刊发，而且我自始至终没有认为采访的那个晚上我真的付出了多少劳动。多说了几句实话，换来一个朋友，很划得来呀。

看起来这真的是一件美好的事。

我还没有来得及把内心真实想法掏出来给文弱的女记者听，吧台位上瞬间填满了两位常客。他们的眼神是固定的，几乎不存在为美女发散的可能——这么长时间了，每次来都是径直走向吧台位置，开场白都是同一句：老板，给我们说说吧，讲两句。

他们总在午夜到来，继而想从我这里兜到什么日常新闻和最新八卦。

我很珍惜这样的客人。

其实，去一个地方，看人们坐的地方就可以判断出他们和这家店的关系。中国人是不习惯坐吧台位的，多半是没别的地儿了。

我一直很喜欢，一来没人会和我抢位子；二来这种坐姿似乎更有安全感，脚可以落地也可以搁在离地几十厘米的隔板上，就像把自己包裹了起来。也因为这样，书房经营了两年后，我做了一些更新和改造，拓宽了吧台前高脚座位的数量。

和老板攀谈，才能了解这里的故事，把自己的需求表达出来，通常也能第一时间得到答案。究其缘由，多半如此。

“你们注意点儿形象啊，别在人家姑娘前树立坏榜样。”我给老友倒上他们喜欢的金汤力，顺带一句提醒。

老友们一致转头，看看旁边的姑娘，默不做声，突然一改往日的调侃——说是调侃，也只是过过嘴瘾。

我不知道是不是姑娘的纯情打动了我的那帮老饕老客，他们在深夜书房就是神一样的存在，忙的时候充当吧师以及图书管理员，为客人介绍产品；清闲的时候就显得很寂寞，一言不发，抽一张纸巾，洋洋洒洒，有时候是诗，有时候短文，可能是性情所作，篇篇可以拿去发表出版挣版税。

女记者埋头喝着永远不会醉的红茶拿铁，还在为突如其来的广告袭击导致不能发表深感惋惜。

我在给老客们倒上一点儿惯常的坚果的同时，也给女记者准备了一份——腰果、花生、杏仁，天生的硬度带来的咀嚼延长了食物在口腔和胃里存留的时间。

我对女记者说：“你真的不必为此感到内疚，文章虽然没有发表，但是采访的最终目的已经达到，你瞧，我们认识了。以后每次你来，都可以刷脸咯。”我是个严肃的人，但也不妨碍添个轻松的尾缀，听上去不那么像在说教，甚至还会借着身边老客们现身说法。

我尽量让大伙儿都感到自在，在转述老饕们和书房结缘时用了一种夸张和调侃的语调——

“这群无耻的人啊，总在这里混吃混喝还觉得理所当然，你看，多嚣张啊。所以姑娘你啊，真的不必要为一次采访没能见报而煎熬。”

而这种调侃却在酒精和深夜的挥发下发酵成了互诉衷肠。

坐在女记者旁边的男人突然酒醒了，他拍拍女记者的肩，开始了意味深长的表白：“我就是个误打误撞进入深夜书房的人。那个下雨的晚上，居然，居然忘带钥匙了，老婆出差，要到十二点才会坐高铁回来。而深夜书房不偏不倚，就在我身旁。”

都是游荡在夜里的灵魂啊。那时，我突然发现，黑暗也可以是一种保护，一层温暖的茧。

坐在最靠外侧的男人这回没有笑话同伴，手臂支起、撑住酒杯，换了低沉的嗓音：“来深夜书房成了一种习惯，尽管夏天多了很多熊孩子，冬天又有很多学生让这里像大学图书馆，但该去的还是要去，会去的还是会去，谁又不是过一天算一天呢？”

女记者突然取出了笔记本，刷刷记录。

“唉唉唉，姑娘，你不要把我们的胡言乱语也记下来啊，到时候被你写进文章登了报多难为情啊。”这个男人就是这样，看上去挺急，其实心大得很。

而我一直觉得，女记者能写出更好的文章。因为你看得出来，她的素材逐渐来源于生活，而不是那几个罗列好的问题。

她开始和那些熟客一样，每日来书房翻几页书，像是心理需要，以此向世界报到。大多数人之间都有心照不宣的默契：什么时候连续几天不见人，准是家里闹事儿了。然后，他的位子不声不响地被另一个人填补，成为另一个人每天固定坐的地方。从每天下班后来看夜色如迷的客人，到每天凌晨过来读书要杯浓缩咖啡的客人，仿佛是一转眼的事情。

他们有时候一坐就是半天，如果按照客单价来算，我是个彻头彻尾的失败者。但与其多收一位茶位费，我更愿意收获一个悲伤的故事。他们向我要当天的八卦，多数时候是客人和客人之间的谈话，我恰好听到。

每晚交稿后的几个小时是女记者真正属于自己的一段时光。从报社一路走来，那些白天打过交道的艺术家、看过的展览、吃掉的米其林，都沉淀为素材。夜的魅力，在于你有不同于白天的陪伴，蝉叫、风动、星辰闪烁，从大排档到书房，你感觉自己有种“气”的升华。

熟客不是一个定量，只是因为来的次数多了。女记者也是，虽然从不因为彼此相熟就变得滔滔不绝。她依旧会紧张害羞，而我们恰恰喜欢她的这些品质，因为害羞里有对悲伤的包容。

午夜刚过，女记者来了，身后有三个我没见过的客人。男的身形高大，头顶发光，两个女的长相清秀，他们在吧台位沉沉落座，所有人都一言不发。没有人把这里当作茶馆，嗑着瓜子胡乱猜测，也不会空洞地哀叹，感慨人生无常。我喜欢这样的沉默无声，用每个人最舒服的方式。看书很好，毕竟这里是书房；看手机也很好，人总要和外界发生关联。

一个多小时后，男人接到一个电话，他没有走到门外，全程对着话筒说“嗯”。最后为大家确认了一个悲伤的消息：人没了。

后来，女记者告诉我，那天他们同事的儿子跳楼。而她，负责下班后带着几个要好的同事来到书房。

就是找个地方安放情绪吧，和熟悉的人在一起，结局再坏，也可以一起承受。

当然，更多时候，女记者都是一个人来，她会感谢我在室内循环科恩的歌，因为那天上午，我们喜欢的摇滚老炮科恩去世。她破例要了一杯啤酒，我用巴黎水和她碰杯，一边喝，一边聊着过世的人，一切都是伤心的故事。但大家还是不自觉地继续亢奋。

认真对待自己的情绪，恐怕只有深夜了吧。

我们扑灭火光，因为你想要夜更黑。

深夜书房

第十六章

# 一家书房的危机

伐恶草，剪虬枝，因树成屋，顺柏成亭

# Chapter 16

如果定位在营业性质的公共场所，就得接受群众火辣的眼光和挑剔的鉴赏。不是过家家的私人作坊，一点儿小小的失误就会引来无限放大的恶劣传播。所幸，深夜书房自从开业以来，除了偶尔会有客人善意提醒“有些客人接电话声音太大，能不能去知会一声”、“和阅读有关的活动能不能多举行一点儿，就像《奥斯汀书友会》”，其余并无硬伤。

是谁说过的，你能任性自由生长全靠宽容你的身边好友。深夜书房得以保有最初的气质——桂花季已过，恕不提供桂花拿铁；下午时段不建议过量饮酒；签名书限量供应，童叟无欺。经济低迷的年代，我们傲娇，也得宠。

可就在前几天，我接到了一起投诉，指向硬性捆绑销售。

事情是这样的，作为互联网时代下的实体艺文空间，我们不得将书籍和餐饮同步出售，买咖啡的同时建议你挑几本当季畅销书，购书之余向你推荐本月精选饮品和简餐。然而这到底不是暴利，无论是书的选择还是饮品制作，皆发自内心，就像我们创办深夜书房。

有位熟客却因此给了差评，理由是：我都是深夜书房的资深客人了，你们还不了解我的消费习惯？每次都要喋喋不休地向我捆绑推销。

客人利用社交媒体发布了心中的愤怒，引来无数争议，好几个熟客转发给我这条信息，那时距离客人发布已经过去了一天。这也是网络时代对实体经济的最大冲击——作为被指控的对象，你却不是第一时间的知情者。事件快速发酵中，你作为当事人居然把控不了走向。

“你们训练有素的笑容里透露着并不与之相符的关怀，你们根本不了解我的消费习惯。”

“程式化的问候与对客人的熟悉程度不成正比，至少我不觉得自己享受到了任何熟客的特权。”

“作为深夜书房的忠实客人，每天晚上十点半我都会来喝一杯美式咖啡加脱脂奶，这么多年，我一不吃蛋糕，二不买书。可是，几乎无法累积默契度，你们的服务生还是要加一句：要不要来一块芝士蛋糕啊，新书到了可以坐着看会儿书哦。听多了，真是有点儿烦啊。”

这大概就是投诉的全部内容，我在收到诸多转发时附加的碎片化阅读后，终于于次日凌晨读完全文，一时间竟无言以对。

自我怀疑，踽足不前，又因为深夜这种强大的气场让人更加沉沦。

“嗨，不要太放心上，开门做生意，难免被人指指点点。”我抬起头，是 PP，就是图片制作软件 Photoshop 和视频剪辑软件 Premiere 都用得特别溜的老客，之前因为抑郁症一事还和店里一位女客人有过小小的争执。自从平头老王和机车男一个搬家一个开始了双城生活后，他来的次数也逐渐变少。

“就知道你会是这副死样，我就特地赶了过来。怎么样，庆祝自己是个没被否认过的幸运儿吧！”PP 直起身，手臂伸过吧台，拍了拍我的头，那副样子，感觉我俩是结识了多年的老朋友，尽管我们也只不过是因为深夜书房相遇不过两年的孤独灵魂而已。

“我没有放心上啊，只是……”我不知道怎么将自己的话接下去，大概弱者心中都有一个这样的句式吧。

“我没醉啊，只是……”

“我没不承认啊，只是……”

“我没说不爱你啊，只是……”

说穿了，转折后面那层意思才是重点。

还没等 PP 再次反驳我，进来一位并不面熟的客人。他要一瓶巴黎水，而我原本很顺溜的问候致意以及介绍产品的话术居然统统失灵。我机械地收钱，递上小票，打开巴黎水，倒在装有冰块的玻璃杯内。

这恐怕是最最原始的卖东西模式了吧，全程几乎不需要语言，不需要眼神。

“王澍的新书，《造房子》已经到货，尝鲜价有 88 折哦；圣诞新品太妃榛果拿铁已经上市，要不要来一杯暖暖身？”有个声音在旁边响起。

“王澍？很有意思的建筑师，我认为他对中国园林的认识很到位。新书在哪里？哪家做了他的书？”客人来了兴趣，把巴黎水放回吧台，转过身，面朝书架，搜索着王澍的书。

“您坐，我去给您取来。”刚刚代替我说话的人起身去新书柜台取书。毫无疑问，这人就是 PP。

王老师的新书很厚，极富品相。他说古人情趣，以袁枚造随园为例。伐恶草，剪虬枝，因树为屋，顺柏成亭，不做围墙，向民众开放。因此，经营随园五十年，有如养一生命。造园者、住园者和园子一起成长。而我看来，说的也正是眼下这间不大的深夜书房，我、客人和这家店是同步的。它之所以与众不同，是因为有一个有故事的主理人，这让我曾经非常自豪。而这点儿小小的骄傲和自豪感，今天崩塌了。

此刻的 PP 无暇顾及我的情绪，他把书递到客人面前，两人饶有兴致地就书本身聊了起来，一高兴，从吧台挪到了窗边最角落处。

不知道过了多久，客人来吧台付书款，边打开手机点支付宝边说："你们这小店挺有个性，除了卖书卖咖啡还陪聊。是不是我运气好啊，居然碰到个专业对口的。"转身对站在侧后方的 PP 说，"王澍还有那本《设计的开始》借我看看哦，记得。"PP 笑笑，点了点头。短短一会儿，两人结成了爱书联盟。

"《设计的开始》也是王澍的书吗？你有？"客人走后，我问 PP。

"他在 2002 年编著的一本书，我是那年考大学的嘛，正好入手了。”PP 比我大两岁，大学在中国美院念艺术设计。

“你们约在什么地方交书？”我又问。

“就这里啊，我明天把书拿过来。要是碰不到他，让他直接问你要。”PP 脱口而出了这个方案。过去的两年里，深夜书房就是客人们的失物招领所、物品中转站，客人对我充分信任，无数次由我充当这个静止的邮递员。然而，我苦心营造出来的氛围却在今天被否认。更令人伤心的是，这篇瞬间成了爆款的微信文章后面还跟了诸多留言，吃瓜群众历数自己的经历，好似多么不堪。

那晚，PP 陪了我很久。他坐在最靠近收银台的吧台位，对来买书或者买咖啡的客人重复我原本的话术：

“嗨，我们不是向您推销，而是觉得晚上真的很适合读读海桑的小诗，这本《不如让每天发生些小事》，推荐给你！”

“现在过凌晨十二点了，糕点类都是对折哦，可以搭配一个，打包明天当早餐也很划算呢。”

客人多半会照做，甚至会感谢我们提供的建议。要这么说，营业额的增长和这个大有关系呢。

PP 在我情绪不佳的时候代我所做的一切无形中鼓励了我。我就像那个老给自己灌鸡汤的马男波杰克，告诉自己，管别人说什么呢，吃瓜群众永远无法体会到咖啡的解渴之道。

那个夜晚，我渐渐转好，就像行星落回到原有的轨道。只不过，网络时代的事件发酵永远超乎想象。几个小时后的下午，上通宵班的我被一通电话叫醒——一家还算相熟的媒体电话询问我关于捆绑销售之事。我才发现，这场公关危机已经染指到了其他行业，比如知名连锁咖啡、快餐品牌。已经在网络上出现的文章甚至被冠以耸人听闻的标题——《还一个安静的消费环境》。我在去书房的路上读着朋友们转我的推送，不禁觉得可笑。

“一杯美式咖啡，别的什么都不要。”

“海飞的《麻雀》上下册新版本，别的不要向我推荐。”

是说好了要捉弄我吗？是统一口径向我挑战吗？

我被清一色这样的客人恼怒了，他们就像一台机器，机械地执行命令，拒绝对话，拒绝沟通，让彼此沦为最原始的买卖关系。

“我要一杯新品太妃榛果拿铁。还有，除了《造房子》，有王澍其他的书可以推荐给我吗？”最低落的时候总有亮光，有个声音此时响起。我猛地抬起头，认出了昨晚的客人。

“啊，我朋友还没把书放过来，他今天有课，大概明天会过来。”我翻过工作交接簿，没有发现 PP 将书带过来的记录。内心烦躁却出于职业素养，我向客人建议：要不留下您的联系方式，书拿过来后我通知您？

客人摇摇头，说不用了，他会时不时过来。等一本书的渴望，如同千禧年前每天晚上的黄金档电视剧，在那个没有网络不可能一夜之间看完 24 集的年代，大多数人都是靠希望活得很好。

我们何尝不是老派的人，怀着朴素的心愿，抵抗时光流转。

而这个时候，PP 转发我了一条最新微信推送，画风一转，满屏歌颂。

这位客人，我不知道您为什么如此愤怒，也许是有些伙伴态度不佳或者是表情不当让您有了误解，但我所知道的深夜书房实在是为人消除烦恼而不是让人生烦的。

组合推荐很可笑吗？先不说那是一家不打烊书房合情合理合乎科学的自救方式，而且，我测试过，可爱的书房伙伴个个都是播音系人才，他们将对您点单的重复确认和搭配产品以及新书的推荐浓缩在十几秒钟的语音里，试问，这又会对您造成多大的干扰？

我与书房伙伴交谈过，当季新书都是他们读过不下二十本出版社书目后的推荐，绝不例行公事。试问，若没有书房伙伴口头向您推荐本月新书，以您的视野，又该如何面对身后卷帙浩繁？

嗨，深夜书房，我听说你现在迷失在不知该如何应对的荒漠中，难道你真的被打倒了吗？多么希望你至少能留住一些值得眷恋的东西。

在我想都没想就打算转发时，才想起来找到这篇文章的开头：出自谁的笔？出自哪个公众号？遗憾的是，我对标题下面、日期后面的两个名字很陌生。也许是熟人的化名，也许是一直默默支持我和书房的客人。

我在手机这头不断问 PP，这是谁写的？你认识作者吗？谁转给你的？

他没有回应，直到人出现在了书房，手上捏着那本约定好的《设计的开始》。望见斜对面坐着的客人，扬了扬书。

正喝着太妃榛果拿铁的客人起身走了过来，他说要给我看一条微信推文。当手机递到我面前时，就是 PP 刚给我看的那篇，互不认识的人能够因为 4G 网络而在同一时间读同一篇新鲜出炉的文章，这种低调的“盛况”不亚于一本诺贝尔获奖书籍全世界同步发行，再或者，就像当年人人都捧着《学习的革命》，那可是最最流行的“小黄书”。

“不会有人认为这是我自己的马甲吧？”我问他们。

“那还不如认为是我写的呢！”客人抽回手机，连笑几声。

PP 也跟着笑，好像在说：我懂你的啦，这么实实在在的主理人。

“这是一个很好的课题，我已经收集齐了全部资料，和我的学生来分析这件事。”PP 的思维永远在一般人之上，也总是这么善于抓热点。在他看来，这次网上的口水之争，暗含着服务行业和现代生存的痛点，经营者、消费者、旁观者的反应都代表了一种立场。

几天后，我在无聊刷朋友圈的时候，刷到一条视频，已经有上万阅读量。镜头前滔滔不绝的人是 PP，如他所说，真的把这件事当成教案，与学生分析探讨。

你知道问题的症结所在吗？

为什么有些人希望得到你的额外推荐，哪怕是废话也觉得多多益善，而同样的行为却会让另一部分人如此反感？

考验的还是我们对这个行业的关注度和敏感度。

行色匆匆的客人一定不喜欢你的闲言碎语；东张西望的读者却希望有一个人帮他决断；同样的，那位最初写微信文章的客人，他在书房出没那么多年，你居然不知道他的习惯和喜好？这就像你每次都要向一个素食者推销红烧肉，当然会被数落啊。

你说他玻璃心也好，太渴望受到关注也好，但是熟客粉丝的经营从来都是个案啊，要区别对待、专心研究。

我收藏了这条视频。

我们应该和解，与神秘顾客，与吃瓜群众，与这个快得没天理的世界。所以，值得庆幸的是，自始至终我们都没有想过要去调查那位最初发文的人，找他谈谈，给他优惠券，这样的公关危机在人人是自媒体的年代，怕是用不上了。

在等咖啡的两分钟里，看着客人焦急地听着电话，我什么都没说，只说了一句“祝你一切顺利”，用目光送走了他；而面对看似无所事事的客人，我诚心夸赞了她的毛衣，粉红色马海毛短款，是我一直想入手的；在看到客人买了《岛上书店》时，我还是忍不住要说到另一本《伊丽莎白小镇》，同款书总是帮助你延缓消化；而那个已经买过不下五个版本的《傲慢与偏见》的客人，我会第一时间通知她有关奥斯汀作品的各种版本。

百货公司里有句老话："好的百货商店就是那种你愿意到那儿去和别人聊上二十分钟电熨斗的地方。"我还是会愿意和来深夜书房的客人唠上几句，甚至更多，我想把这个书房里所有好吃好玩好看的东西第一时间告诉他们，当然，我也会察言观色。

物是人非霓虹闪烁，我最爱你

# 深夜书房

第十七章

# 爱你的每个瞬间，像飞驰而过的地铁

时光隧道，汹涌前行

# Chapter 17

刚刚跟我道别离开书房的姑娘又折了回来，直奔吧台，问我有没有捡到她的地铁卡。她说，卡是放在大衣口袋里的，很可能是歪在沙发上的时候滑了下来。我没有捡到，因为姑娘一起身我就去打扫了她的座位，收走了空杯子和落在桌上的书。当时，我还怔了一下，书是松本清张的《点与线》，那么厚的一本老法推理小说，怎么看都不像是机车装的年轻姑娘喜欢看的。

座位上干干净净，没有任何遗落的物品。

“那是一张‘一日游’的 24 小时使用卡，和常规卡颜色不同，红色的。”姑娘重申并强调。

我再次确信没有捡到。

“哗——”姑娘转了个身，走到长条桌前，把斜挎着的邮差包倒过来，包里的所有物品顺势散落，钢笔、笔记本、便签、手机、名片、购物卡（发票）、回形针、充电器、化妆包、Kindle 电子书，还有各种瓶瓶罐罐，以及一根不知名的棍子，铺满了整张桌子。每天把这么多东西背在身上，也是不小分量呢。

姑娘弯了弯腰，双手摊平这些大大小小的物件，让它们不再叠加堆放妨碍视野，从而试图从中发现地铁卡的身影。

我走出吧台，在桌子旁边与她并肩站着，只用眼神巡视，最后她直起身，看看我，耸耸肩，承认没有找到地铁卡的现实。

“那就买单程票，或者打出租车。”能用钱解决的都不是问题，这是一句略带土豪气的大白话，但也挑不出错。

姑娘收起散落在桌上的物品，一件件装回包中。

“都是每天会用到的吗？”我问。

“是的，不过，好像也不是。”姑娘停下手中活儿，望着桌上还剩的东西和已经装进包里的，像是在回忆每一件的用处。过了许久，她说：“不带在身边总觉得不完整，而且，万一有什么突发状况呢？”

会有什么突发状况呢？对于我这种在一个固定地点上班的人

来说，突发状况无非是深夜停电，客人投诉，这和带多少物品在身上好像关系不大。

“突发状况嘛，比如说这种维生素是每晚八点要吃的。”姑娘单手摇摇一个瓶子，“但有时候会加班，有时候会有饭局，有时候在外面喝夜酒，都不可能在八点前赶到家，那就随身带着咯。但也不是每天会用到，毕竟大多时候我都能按时回家。”说完又放回了包里。

“这些瓶瓶罐罐都是保健品吗？”我早就对它们产生了兴趣。

“啊哈，差不多，被你发现了呢！”姑娘索性坐了下来，一一向我介绍，液体的两小罐分别是胶原蛋白和叶绿素液，塑料小罐里的是维生素 E，另一个小罐里的是深海鱼油，玻璃瓶里的是补充雌激素的小红莓，玫瑰金铝盒里装了普洱熟茶……按照每种保健品的不同特性，这些药丸或是液体分别要在饭前、中、后吃，哪怕普洱茶也是。在姑娘的健康营养理论里，同样是喝普洱茶，但熟茶得就着饭喝，油腻和毒素才能被排走，原理和洗衣机一样。

“这得列一张清单啊，背熟每种药物对应服用的时间。”我是“书写”的忠实信徒，第一反应一定是“好记性不如烂笔头”。

“手机提醒咯！”姑娘捋起左手袖子，露出崭新的apple watch。

“啊，还有这个，干吗用的？”我顺势指了指那根神奇的棍子。

“敲腿用的。”姑娘拿起棍子，给我演示。她用橡胶尖头敲打自己的大腿外侧，一路往下，再敲小腿肚。

“因为老坐着，气血不通，敲腿棒可以拿来疏通筋络。大腿外侧是胆经，敲打它们活络通气血。”姑娘年纪轻轻，对于健康和养生倒是自有一套理论，有模有样。

“一直是养生派吗？”我问。

见过在公园里打着节拍、伸展双臂前后拍打的老年人；见过在医院病床上边看养生守则边发誓出院后规律生活的“失足青年”；但没见过从外用到口服对自己关怀备至的年轻人。

“总想要青春永驻啊。”姑娘继续收拾桌上残局，给出的答案大概是大多数女孩子都有的心愿。

“你不是杭州人吧？”我突然想到，便问了出来。

“啊？”姑娘抬头看我，“你怎么知道？”

“杭州这几天常下雨，但你没带伞。我一开始想，虽然没带长柄伞，但或许是折叠伞呢，不过看了你的包包，发现也没有。”我解释了自己的逻辑。

“也许我开车呢，不需要伞啊。”姑娘倒是反应很快。

“可是，您不是回来找地铁卡的吗？”我们同时笑出了声。

“您观察得好仔细啊，我今天刚到杭州。”姑娘点头承认。

“其实呢，你那句‘你怎么知道’就露底了啦。”我一开始是抱着猜猜看的初衷，她这么一反问，我就确定了。“要知道，我也是松本清张迷呢！”想到刚才姑娘座位上的《点与线》，我忍不住想要合并同类项。

“那还得说您观察入微，记忆超群，顾客的喜好都在您的掌握之中。”

“《点与线》是长销书，但过了畅销的年代，估摸着没那么快断货，我就不帮你额外收起来了，欢迎时时来重温。”我赶紧将话题转移到书本本身。

别夸我，对我而言，“观察”只是一种本能，不值得炫耀。如果要说，还是说说这些我们自创的服务吧，比如帮助客人把书藏起来，还提供书签，我会把书签夹在原来位置的前一页，以备下次继续阅读时有个铺垫。没人因为这个来谢过我，但也没人提出质疑。

“长销，也是长读，我有电子版，回去也可以看。”姑娘指了指包包，意思是：你看到了哦，我也随身带 Kindle。

“早点儿回去吧，你这么热爱养生，第一步就是早点儿睡觉。别坐地铁了，叫个车吧，很方便的。”我劝她。

“那不，我是一定要坐地铁的，要不然就失去了来杭州的意义。”她突然变得执拗。

这我就想不通了，杭州不是唯一有地铁的城市，地铁之于杭州，只不过是一种接驳通勤工具，因为这两年才通车，很难有早先年前的地铁情缘。地铁，这个和城市发展水平多少有些挂钩的交通工具，自带城市特质。也因此，围绕地铁总有诸多画面，呼啸而过时被吹起的长发，男生在地铁进站时猛地抱起心爱的女友，匆匆奔来终于赶上了末班车的白领，都是地铁赋予小镇青年的大都市画面。可是如今，外来人口爆棚，通勤状况恶劣，不敢想象地铁还能承载童话，也不相信地铁痴迷者还能忠实原始的迷恋。

姑娘没有要向我解释她为何坚持坐地铁的迹象，因为她已经背好包，径直往外。在门口站住，盯着门上贴着的铁标“推”好几秒钟，才放心地推开门。她挥了挥手，算是道别。

异乡人，怀有地铁情缘，缺乏安全感，观察细致，热爱养生，深夜里短短一个小时，姑娘的标签被我一张张贴了上去。可是，应该没有机会听到女同学的故事了吧，我猜。

有开头，没有结局，或者说，结局早就在别处书写好了，这大概是深夜书房里最常见的故事走向了吧。毕竟，任何人都是过路的，若有连贯篇章，也只是人为的替补。

“你这里能办地铁卡吗？”有个声音响起，紧接着上一个客人买完单离开，说话的人露出了脸孔，就是昨晚的女同学。

“不好意思哦，这儿办不了。”我老实回答。

“你不是曾经写过：他们把书房当成图书馆——借书；银行——借钱；邮局——收发私人信件；寄物处——临时存放物品；新书发布会场——朗诵新作，或许以后还可以为流浪旅人挂单，为沙发客提供床位……怎么就没有办卡这个功能呢？”

女同学居然搬出了我曾经出版的书里的段落，这让我又惊又喜又错愕，我当然不能就事论事解释“办卡需要另外一台机器”

之类由着这个话题下去。于是我说："你不是冲着杭州的地铁来的吗？今天一整个白天你怎么不去地铁站办卡？深夜跑到我这里来办地铁卡，这个，怎么着可能性都不大吧。"

她没作声，企图质问的语调没了，轻声点了一杯普洱茶，在离我不远处的位置坐下。把包包解下来放在桌上时，我能感觉到是轻拿轻放的，但还是发出了声响，我知道，是那些瓶瓶罐罐。

我去书架上取下了《点与线》，和普洱茶一起送到她面前。她抬头谢我，幽幽地从包里取出一个玻璃罐，倒出三颗紫红色的圆形颗粒在手掌心，握起茶杯，朝热水面吹了吹，依次迅速吞下。

我回到吧台。

再往女同学那边看的时候，她正在被松本清张设计的紧凑节奏吸引——这种说法多半来源于我的主观臆测，也有可能丰富的内心戏正在她心里上演。但至少，我看到的是她一手负责翻页，另一只手，则让敲腿棒发挥了作用——她正在用神棍轻轻敲打着大腿——应该是外侧，胆经。

很享受的样子啊，我心想，等她看完书，就问她哪里可以买到这样的棍子，看上去也很适合我这种常年站立者。

醒着的夜是很难熬的。我感谢所有陪伴我度过夜晚的人，当然是一种诚挚的感情，只不过，有趣的人不会天天出现，浪漫的故事一年一回，大多数醒着的夜里，推理小说都是无眠者的最好解药。休假的日子里，无数推理小说都因为我那该死的生物钟而被愉快地消化掉了。也因此，当女同学起身要我帮她加点儿水的时候，天快亮了。

“你什么时候下班？”她问我。

“还有十分钟。”交班的伙伴刚刚来，十分钟前我刚刚看过时间。

“你怎么回家？”她继续问。

“有时候走路有时候地铁，怎么了？”我说。

其实，我很少坐地铁，因为拥挤。如果我坐晚上八点钟的那趟地铁来书房上班，正好和金融人士的下班时间撞上。但是不要忘了，我也是个细心的人，我大概能感觉到，女同学想让我陪她坐地铁。

不确定，那就来猜一下吧。我跟自己说。

“那今天就坐地铁吧，我送你回家。”女同学面露笑容。

我猜对了，虽然事实上，我们并不需要互相护送。就当是给她一个台阶下吧，谁送谁，又有什么要紧呢？

她收拾了书包，把书放回书架。我们走出书房，朝地铁的方向走去。

地铁，把城市分割成两个世界：明媚的马路，阴暗的隧道。这是清晨第一班列车，车外，一如往常，车门开合，呼啸摇晃；车里，空空荡荡，和两个小时后即将呈现的拥堵产生强烈反差。我们上车，淡绿色的长条座任人挑选。

“昨天，前男友突然来到杭州，要求复合。我们把杭州的一号线、二号线、四号线从头到尾坐了一遍。用的都是他买的单程票，所以，我没有时间去买地铁卡。”我们并排并坐着，女同学先开口。紧接着，她取出了敲腿棒，旁若无人地捶打起大腿外侧。

我见怪不怪，就应了声，等她继续说下去。

“就像浪漫的电影情节，我们始于地铁，也像所有恶俗的套路，我们终于背叛。”女同学简明扼要。

一个在港中旅大厦上班，一个在机场工作；一个在三元桥地铁站下车，一个在三元桥换乘机场快线。故事的开头总是这样，适逢其会，猝不及防。

相遇、相爱、厌倦、背叛，故事的结局也总是这样，花开两朵，天各一方。只是，背叛的理由可以有很多，女同学口述的这一个，听着有点儿狗血。但也因此，有了我所看到的，胶原蛋白贴身行走，为自己的容貌买单。这么说来，那句“青春永驻”也非泛泛之说。

“地铁，你可以当它是通勤工具，只是接驳了家和公司；也可以认作是时光隧道，汹涌前行，回不到过去。”女同学说。

在这之前，我一直不觉得杭州这座城市需要地铁，飞驰而过，很多话来不及说，和这个城市的优雅宽容有点儿不搭。女同学问我哪站下，我随便说了个最远的，尽管这样也只能匆匆道别。玩味着她的话，出站时突然想到，“复合”这件事，应该没有成，甚至，她会在杭州停留一段时间。要不然，用光一张“一日游”卡，又和前男友坐了一整天地铁后，不会执着地要去买地铁卡；要不然，她不会在等待列车进站时，紧闭双眼，张开怀抱，以一种用力的姿势迎接。

离开的人，是因为心中有爱。

松本清张玩弄列车时间表，女同学决定在新的城市寻找地铁情缘，我也可以在地铁里敲打大腿。青春，总要争分夺秒牢牢抓住才是。而地铁，和有地铁的城市，总是自带新鲜的流转和奇遇。地铁飞驰，超过了那些故事。或许我不该排斥那些插着耳机鱼贯而入的 IT 男，茫茫人海，都是我爱过的痕迹。

我所在的这个城市，仅有的几条地铁线路都规规矩矩地埋在地下，没有钻出地面的时候，因而，阳光也不可能从窗口照进来。但这不妨碍车厢的角落依然能被点亮。不断迷路，不时地上错站、下错站，新的陌生的出口，错过了一趟，总还会有下一趟，你会去到终点。

一张报纸掉在地上，上面写着冬天要走了 。

青灯永夜，时一展卷，恍然类昨日事

深夜
书房

深夜书房

## 第十八章

# 你看过凌晨四点的城市吗

那些夏日里来不及收集的回忆都在这时候化作热量

Chapter 18

科比 · 布莱恩特的球迷总会用一句话来描述这位前 NBA 巨星有多努力：“你们见过凌晨四点的洛杉矶吗？”

深夜书房诞生之前，我不敢想象夜里的日子，那些睡着的时光要如何才能被打发；有了深夜书房后，反而不会去斟酌：哦，自己竟然可以这么努力。而这种努力，后来想来，可能只是因为深夜。因为未知，所以神秘。

书房开业前，《深夜食堂》已经风靡，每天夜里十二点，脸上有刀疤的主厨开始了一天的工作，城市里的小人物陆续而来，他们吃着朴素的食物，说着人世间悲欢离合。深夜啊，终于不再堵车，褪去一切喧嚣，还城市该有的宁静迷人。

差不多与此同时，关于本城深夜食堂的搜罗也在进行中。抓亮点一直是媒体人最拿手的，用直指人心的语言勾勒出维度越来越广阔的城市，他们说“这座不夜之城的夜幕下，藏着很多永不打烊的餐厅”。

那天晚上，杭州最火公众号的小编来到书房，开门见山他的意图：“我们要做个杭州深夜食堂地图，向读者介绍十二点后哪里还有好吃的。这里，算得上最文艺的深夜食堂了吧。”说完，他借用了一份我们的菜单，拍了一张照片算是记录——说是菜单，比起常规意义上的餐厅，我们提供的不过是一张塑封过的单页，只有咖啡和简餐，还真是寡淡呢。

小编把手机的录音功能打开，正面摆在桌面上，看这情形，应是还想多了解些深夜的实情。好巧不巧，这个时候来了一位客人，我要先招呼她。

“太妃榛果拿铁外带杯装不放奶油。”女客人非常顺溜地报出了自己要喝的饮品。

这让已经关掉录音功能收回手机的小编来了兴趣，他侧了侧身，问女客人：“您一直是这么喝的吗？”

“白天看心情，晚上，加奶油多罪恶啊。”女客人是个爽气人，回答问题毫不扭捏。

“这么晚来买咖啡，您是夜间工作者吗？”小编运气不错，生动的人物一定会为他的稿件增色。

“我父亲的餐厅就在旁边，这几天他病了，我来顶班，困啊！”女客人打了个哈欠，继续说，“手机搜了搜周边，就看到了你们家，深夜能买到咖啡，真是感恩呢。”

“怪不得从没见过你呢。”我说。

“是啊，我在外企上班，新城 CBD，平时就住在公司旁边，没空来老城区。”女客人答，“这么多年，也没少熬夜，但是坐在办公桌前动脑子和站在收银台点菜结账还真不一样呢。”

不加奶油的太妃榛果拿铁做好了，客人没有要便携式手提袋，双手抱着杯子，烫杯捂手，走出了店门。

“一生二二生三啊，又带出一家深夜不打烊餐厅啊，你或许可以去旁边踩踩点。”我给小编提了个建议。

可能是身在庐山反而看不清真面目，所以，真要说确切位置，我只能说，作为深夜食堂，虽然我们工作时间相仿，但周边这么多餐厅，究竟哪家是做到夜里的，我猜不着。

“嘿，年轻人，得到线报就去实地探寻一番，应该就在不远处。”我建议。万象更新，虽然我们看到的新闻、得到的信息已经从传统报纸杂志转移到了手机端，但是我们依然有对好内容的渴求。与此同时，生产内容的人也传承了最初的精神，亲历、深耕，甚至要有更快的码字速度。

小编点点头，低头在手机上打字。我正想斥责如今的小孩对谈话不够专心，动不动就拿手机出来，头一侧发现他只不过是在记录我们的对话。好记性不如烂笔头，也许对这一代人来说，笔记本会丢，但手机不会。

记录完新事项，小编将话题重新拉回到我们之间。比起他之前采访过的深夜食堂，这里显然少了点儿江湖气和烟火气，多了些约束和规则。味道太浓的食物是没有的，否则不仅会将书香淹没，还会严重打扰旁边的客人——如果你试过在开了暖风的封闭空间闻到肉包子味；意面算是最正经的主食了，但不能吃太大声，这会导致酱汁飞溅旁人受扰，至于何种程度的声音算是大声，我说了算；沙拉是我最推荐的，本着对人类健康的关怀，温泉鸡蛋和新鲜蔬菜淋油醋汁不会对胃造成负担；当然，如果有人恰好和你口味一样，就可以暗自窃喜，就像有一次看到一个男人点了红豆司康饼和红茶拿铁，作为深夜食物虽然热量不小，却是我喜欢的搭配。

“任性又文艺的夜宵哦。”小编边在手机上写字，边自言自语。

你要这么定义也未尝不可，我没去纠正。他拍了几张照片，食物旁边都会有书。

凌晨三点，小编完成对我的采访，起身离开。

原本以为，我和小编的联系仅限于几天后他会发我的微信推送，以及无关痛痒的点赞，没想到两个小时后，他又出现在了深夜书房。

“就在拐角口，好吃，改天带你去吃！”小编意犹未尽。

离开我这里，他即刻去找了旁边的深夜食堂，就是来买不加奶油拿铁的女客人现在把持着的饭店。料想是品尝了不少心水推荐，小编在我这里边说边揉肚子。我给他泡了杯普洱茶，用清肠开始新的一天。

断断续续，听着小编转述在餐厅用餐的感受，臭豆腐笋尖虾皮，每一样原料都切成碎丁，糅合在一起，吃的时候，三者并不分离。

蓋蒸千刀肉里的肉饼是千刀肉，考验的是刀工，硬是手握住刀柄在砧板上剁出来，而不是用机器“摇”。

猪肝厚薄均匀，里头强烈的水分，洋葱外面是焦的，一看就是刀工过硬加上旺火急炒才呈现出来的碳中取栗。

咸亨腐乳炖出来的南乳扎肉配的是麻酥糖，咸甜搭配本就是传统菜的样式。

再要一瓶啤酒，在冬夜开了空调的街边小店里，热腾腾的本帮杭州菜和冰冷的啤酒，吃出一股浓浓的烟火气，那是温暖的胃和孤独的灵魂。

至于临时代工的女老板，小编说还是我自己去看吧。虽然早就忘了昨晚来买咖啡的客人，但不妨碍我依然能想象着金镶玉(《新龙门客栈》女掌柜）、佟湘玉（《武林外传》同福客栈掌柜）或是来双扬（池莉《生活秀》女个体户）在现实中的模样。

听着小编活色生香的描述，我也很有冲动要去吃吃看。多少是有情怀的人吧，才胆敢用一间不打烊的铺子，制造木柴被火烧出火星子的声音，噼啪噼啪。

我看了看排班表，在小编给我推送刚刚发布的《深夜食堂大起底》时，马上问他“明晚（已经是凌晨过后，‘明晚’在时间上是‘今晚’）是否可以一起去那家餐厅吃一顿”。小编欣然答应。

开了深夜书房后，几乎所有人都认为我是最懂黑夜的那个人，曾有一度我自己也是这么觉得。然而当我站在这家叫“酱油蘸蘸”的饭店门口时，发现深夜之于我还有一大块盲区。那些在夜里想要吃一顿有滋有味的人和我的客人少有重叠，我寻不到面熟的人，但有一点是一样的：他们和老板很熟，几乎没有人会正儿八经看菜单点菜。“老样子”“两菜一汤”“和昨天一样”，外人听来是暗号，掌柜的总能爽快地应一声“好咧”。哪桌点了什么菜，什么人要了哪种酒，她一清二楚，不会记错。

而她，明明是才来代替生病的老爸的，要不是我们知道内情，断然会以为她做这份工作很久了。

“虾，我们的招牌菜，再来个干煸包心菜，花菜也可以，我们这的花菜特别好。”女掌柜看到我这张生脸，向我推荐，语速极快，也很良心，毕竟已是深夜，鸡鸭鱼鹅是装不下了。

“哦，你呀，又来了？”边在纸上写菜名的女掌柜瞥见了我身旁的小编，打了个招呼。

菜是菜，饭是饭，没有创意，不讲融合，小时候怎么吃的，现在就怎么烧。这家深夜食堂符合我对“下饭菜”的定义。文火慢炖、浓油赤酱，完全是老杭州菜的样子。明档里有几个大铁锅，白天有阿姨轮番翻炒，深夜里就只是开火保温，南乳扎烧的肉是酥烂的，油豆腐是浸满汤汁的，四喜烤麸有韧劲。

不知道是不是因为我要来，我用手指涂开窗户上的雾气时，发现外面居然飘起了雪花，真是到了一年中最冷的时候了。要一瓶绍兴黄酒加热加姜丝打上两个鸡蛋，配上浓油赤酱的杭帮菜，最遐意。

我也吃上了瘾，顾不得甄别代理老板究竟更像金镶玉还是佟湘玉，只记得她身穿暗红色薄款中式袄子，头发盘在脑后，很是精神，毫无小饭店的油腻感。第二天上班时，我故意绕了点儿路，从酱油蘸蘸门口走过再绕回书房。那天，估摸吃夜宵的人还没来，吃晚饭的人已经离去，代理女掌柜得空正在把柴火丢进火炉。

“昨天也有火炉吗？没发觉啊。”我好奇地问了句。

“天冷了，就该生火炉了，今天早上起来时，老爸提醒我的。”女掌柜朝我笑笑，“等会儿去买咖啡哦。”

她来到书房的时候已过午夜，带来了几只已经变软了的冻梨冻柿子，说都是烤过火的，外圈一泡水得用吸管。这种古老的食物，让我想到了小时候番薯去皮，切块，像做豆腐一样做成冻米糖；或是大雪覆盖住门槛的时节里，整个人翻出去，两颗门牙被撞掉这样的囧事，都是属于冬天的回忆。

“我已经辞职了，专心帮老爸打理这家饭店，以后，我们就是邻居咯。”代理女掌柜，哦不，女掌柜突然说。

“要说起来，酱油蘸蘸最初的最初，就是在这里呢！”女掌柜指了指我们所在的深夜书房，“后来搬了好几个地方，但都在这一带，昨天和老爸说了我的这个决定，老爸才告诉我了小店的前世。”

我只知道深夜书房的前身是一个茶吧，原来最早的最早，就是酱油蘸蘸，而这四个字本来就代表了老杭州的生活方式——经济条件不好的时候，卤汁或是酱油汁就是最好的小菜，用来淘饭算是高尚待遇了。

“城市的写字楼里没有四季，哪怕有，也是人工的，就像我始终在这样安全恒温的环境里，怪不得感受力会变微弱、苍白。”像是料到我会问她辞职做饭店的原因，女掌柜自己先把话说了。

她说的，同样是我。很多时候，我们努力去看凌晨四点的城市，效果却适得其反，可能就是缺了点儿任性和无聊。

奔着“心守一事去生活”辞职的职业女性越来越多，说到底，都是不甘于平庸的生活。其实，每个人心中都藏着对过往的追忆，稍加点拨就轻易展开一幅冬天的画卷。那些夏日里来不及收集的回忆都在这时候化作热量，抵御寒冷。

“过几天，我打算做一场围炉夜话。刚才，就在刚才，吊好了铁壶，底下有炭火，煮最老的白茶最好不过。老爸相熟的供应商送来了土货，玉米、番薯、芋艿，最适合拿来烤着吃。冬天里容易饿，要吃结实的食物，是给自己的放纵，是冬天的快乐。以后的每个季节，我都可以给客人做不一样的食物。”

吃得暖暖的，睡一个好觉。如果还有劲儿，就来读读乔治·桑的《冬天之美》吧，我喜欢了很久的书。

“自然界万物永远不会除掉盛装和失去盎然的生机，广阔的麦田铺上了鲜艳的地毯，而天际低矮的太阳在上面投下了绿宝石的光辉。地面披上了美丽的苔藓。华丽的常春藤涂上了大理石般的鲜红和金色的斑纹。报春花、紫罗兰和孟加拉玫瑰躲在雪层下面微笑。由于地势的起伏，由于偶然的机缘，还有其他几种花儿躲过严寒幸存下来，而随时使你感到意想不到的欢愉。虽然百灵鸟不见踪影，但有多少喧闹而美丽的鸟儿路过这儿，在河边栖息和休憩！当地面的白雪像璀璨的钻石在阳光下闪闪发光，或者当挂在树梢的冰凌组成神奇的连笔都无法描绘的水晶的花彩时，有什么东西比白雪更加美丽呢？”

到了去女掌柜那里围炉夜话那天，就当冬天的礼物，送她这本书吧。

人像图书馆出品的肖像很衬书房。他们拍人，我写人，人是满满的，所以朴素而繁华。

深夜书房

Get one more

结束了一天的生活，匆忙的人们，因为想做点儿什么而游荡在这城市中，他们来到不打烊书房，卸下一天的疲惫，独自阅读，或是谈论遇到的趣事。在那里，脆弱和力量、柔软和坚硬、深情与绝情，天天都在上演。那里有大多数人不了解的黑夜。本书为城市里疲惫的人们带来温情而真实的故事。

**图书在版编目（CIP）数据**

深夜书房／蒋瞰著. —北京：化学工业出版社，2018.3
ISBN 978-7-122-31447-5

Ⅰ.①深… Ⅱ.①蒋… Ⅲ.①故事-作品集-中国-当代 Ⅳ.①I247.81

中国版本图书馆CIP数据核字(2018)第017069号

责任编辑：张　曼　龚风光　　内文设计：北京东至亿美艺术设计有限责任公司
责任校对：边　涛　　封面设计：颜　禾

出版发行：化学工业出版社（北京市东城区青年湖南街13号　邮政编码 100011）
印　　装：北京新华印刷有限公司
880mm×1230mm　1/32　印张7½　字数150千字　2018年5月北京第1版第1次印刷

购书咨询：010-64518888（传真：010-64519686）　售后服务：010-64518899
网　　址：http://www.cip.com.cn
凡购买本书，如有缺损质量问题，本社销售中心负责调换。

**定价：49.80元**

慢得刚刚好的生活与阅读

ease